취미격정

청춘문고

유독 걱정이 과한 사람들이 있습니다.

제가 그런 편이에요. '나는 왜 이렇게 걱정이 많은걸까'를 걱정하는 스스로를 발견하고 난 뒤 이내로는 안 되겠다 싶었어요. 걱정을 멈출 수 없다면, 이쯤에서 순순히 걱정쟁이의 운명을 받아들이고 걱정에 취미를 붙여보는 건 어떨까요?

「취미걱정」은 현실에서 일어날 리 만무한 허무맹랑한 걱정, 누구에게도 털어놓을 수 없는 창피한 걱정, 운 떼는 순간 참 쓸데없는 소리 한다고 핀잔을 듣지는 않을까 속으로만 삼킨 자질구레한 걱정들에 대한 이야기입니다. 하잘것없고 비현실적이고 조금은 찌질한 걱정들. 이제는 판을 깔아놓고 마음껏 끙끙대봅시다. 말이 되든 안 되든 나름의 해결책을 정립해나가다 보면 새삼스레 그것들이 얼마나 허무한 것인지도 깨달을 수 있을 거예요.

인적 드문 곳에서
괴한의 습격을 받는다면?

안녕하세요. 저는 모 대학 앞 커피 전문점에서 평일 마감 파트타이머로 근무하는 학생입니다. 대학가 상권이 으레 그렇듯이 제가 일하는 곳도 종강을 기점으로 매출이 눈에 띄게 떨어지곤 하는데, 올 여름방학은 유난히 그 정도가 심했습니다. 종일 열 잔을 채 못 판 날도 있었으니까요. 사장님도 오픈 이후 한 타임당 2인1조 근무 방침을 쭉 고수해오셨는데, 결국 이번 방학이 반쯤 지났을 무렵에 단톡방에 장문의 글을 남기셨어요. "얘들아. 미안하다. 다음 달부터는 최소 인원으로 근무하지 않으면 가게 유지가 어려울 형편이야. 조만간 개인 연락 따로 남길게." 말풍선 옆구리의 숫자는 하나

둘 줄어들었지만 채팅창은 정적에 휩싸였습니다…. 요행히도 저는 자리를 지킬 수 있었어요. 이 카페에서 근무한 지도 2년을 다 채워가는 터라 일 자체는 어려울 것이 없어서 혼자 근무하면 더 편할지도 모르겠다고 생각했는데, 막상 단독 출근 첫날이 되자마자 사장님에게 건의할 수도 없는 민망한 고민이 생겨버렸습니다. 예상대로 일은 힘들 것이 없었지만 다름 아닌… '마감 분리수거'가 숨은 복병이었어요.

제가 근무하는 카페 건물의 공용 분리수거함은 건물 지하 주차장 내부에 위치해 있는데요, 이 주차장의 분위기가 조금 을씨년스럽습니다. 흔히 지하 주차장 하면 아파트 단지 내 지하 주차장처럼 지상과 연결된 트인 구조가 대부분이잖아요. 여기는 승객용 승강기와 차량용 승강기 이렇게 두 대의 승강기만이 외부와의 연결 수단인 밀폐된 지하 벙커 같은 곳이에요. 두 승강기 사이의 벽면에 문제의 분리수거함이 자리 잡고 있습니다.

지하 주차장 분리수거함 위치

저희 카페는 보통 자정을 조금 앞둔 시간에 마감 청소를 시작하곤 하는데, 그 시간 지하 주차장에 내려가서 홀로 쓰레기를 비우다 보면… 정체 모를 서늘한 감각에 목덜

미가 움츠러들고 지금까지 본 모든 스릴러 영화의 '주차장에서 괴한이 달려드는 씬'이 머리에서 자동 재생됩니다. 그렇다고 그 시각 자료들 탓만은 아니에요. 그것들은 제 상상에 생동감을 더하는 보조 역할을 할 뿐, 아무렇지 않다가도 주차장에 발을 딛기만 하면 조건반사처럼 온몸의 근섬유 하나하나가 긴장하는 것이 느껴지거든요. 벌벌 떨며 쓰레기를 비우는 가엾은 제 등 뒤로 누군가 소리를 죽인 채 다가올 것만 같아서…. 잠깐, 말하는 지금도 무서워졌어요!

휴, 진정되었으니 계속할게요. 외부와 연결된 통로라고는 승강기 두 대뿐인 데다 두 대 전부 제 시야 내에 있긴 하지만… 혹시 모르잖아요. 일정 시간에 사람이 오가는 패턴을 파악하고 기둥 뒤나 차 밑에 숨어든 괴한이 있을 수도? 혹은 출입문이라는 수

단에 구애받지 않고 자유롭게 벽면을 통과
할 수 있는 '사람이 아닌 어떤 것'일 수도
있지 않은가? 이렇게 점점 상황을 구체화
시켜 상상하면서 매번 그 누구보다 긴장감
넘치는 분리수거를 하곤 합니다.

물론 누군가 다짜고짜 저에게 해코지를
하려고 주차장에 잠복하는 그림이 그다지
현실적이지 않다는 것은 알고 있어요. 하지
만 막상 마감 청소 시간이 돌아오면 '혹시
모르지. 앙심을 살 만한 짓을 하나도 하지
않고 살아왔다 자신할 수 있는가?' '느낌이
싸한 데는 다 이유가 있다고 하던데?' 하는
생각들로 불안을 떨칠 수가 없습니다.

긴장 속에서 겨우겨우 분리수거를 마치
면 승강기 앞으로 잽싸게 달려가 (△)버튼
을 연타하고 승강기가 도착할 때까지 눈을
질끈 감고선 숨까지 참아가며 기다립니다.

'띵-' 소리와 함께 문이 열리면 몸을 던져넣고 주차장 방향으로 시선을 두지 않도록 노력하면서 (▷|◁) 버튼을 꾹 눌러요. 문이 온전히 닫히는 소리가 들리고 나서야 안도의 한숨과 동시에 밀려오는 민망함에 cctv 눈치를 한번 봐줍니다. 매장으로 복귀하기 전 휴대전화 셀프카메라를 켜 낯빛이 너무 허옇게 뜨진 않았는지 확인하는 것까지 하루 일과로 자리 잡아버렸어요. 분리수거를 마치고 마감 시간을 안내하는 중에 괜찮으냐고 물어보는 손님도 간혹 있었습니다….

분리수거만 제하면 평화롭기 그지없는 아르바이트 자리를 이렇게 그만두고 싶지는 않은데, 저, 어떻게 하면 좋을까요?

인적 드문 곳에서
괴한의 습격을 받는다면?

① 괴한이 사람인 경우
② 괴한이 사람이 아닌 경우

① 괴한이 사람인 경우

인적이 드물고 느낌이 썩 좋지 않은 공간은 가능한 한 접근을 피하는 것이 좋겠으나, 분리수거같이 꼭 해당 장소에서 해결해야 하는 일이 있다면 세렝게티 초원 위 한 마리 아기 영양의 마음가짐으로 주변의 이상 기류를 놓치지 않도록 신경을 바짝 곤두세워야 한다. 또한 두려움으로부터 회피하고자 볼륨을 한껏 키운 이어폰으로 외부 소음을 차단하는 것은 스스로를 수렁으로 등 떠미는 행동임을 기억하자.

괴한이 사람인 경우, 먼저 공격의 의중을 파악하는 것이 중요하다. 금품을 요구하려 든다면 도망칠 방향의 반대 방향으로 가능한 한 멀리 지갑을 던져 괴한의 시선을 분산시킨 뒤 도망을 꾀하는 것이 좋다. 이러한 대응은 당신의 수중에 현금이 없다는 것을 괴한이 인지하기까지의 시간을 벌어줄 수도 있다. 괴한의 목적이 금품이 아닌 것 같다면 침착하게 호신술로 제압을 시도해 보자. (36페이지로)

하지만 제압 타이밍을 이미 놓쳤다고 판단되거나 체력 차이가 심해 신체 능력이 극도로 불리할 것으로 예상되는 등 위험 부담이 만만치 않을 경우, 가장 먼저 고려할 만한 선택지는 냅다 '도망치기'가 되겠다.

• 도망치기

낯선 장소에 방문할 때는 탈출 가능한 모든 도주로부터 파악하는 습관을 들여보자. 평소 순발력이 좋지 않다는 핀잔을 종종 듣거나 공간 지각력에 자신이 없는 편이라면 예방 차원에서 본인의 생활 동선 중 꺼림칙한 곳들의 탈출 경로를 미리 숙지해두는 것이 좋다. 환풍구의 너비와 높이가 포복으로 기어나갈 수준이 되는지, 외부 어디로 연결되는지, 창문은 어떠한 종류의 유리를 사용했는지, 몸을 던져 깨뜨릴 수 있는 강도인지 여부를 미리 점검해두자.

안타깝지만 도망치기에 실패했다면 당신은 이미 괴한의 손에 붙잡혔거나 붙잡히기 일보 직전의 위기에 처했을 것이다. 선즉제인(先卽制人), 남보다 앞서 일을 도모하면 능히 남을 누를 수 있다는 「사기(史記)」의 구절이다. 유사시 선제공격으로 기선 제압을 노려

야 할까? 하지만 이곳은 21세기 한국이기에 선빵 전
필히 유념해야 할 사항들이 있다.

＊ 괴한의 손과 주머니 윤곽을
빠르게 눈으로 스캔한 뒤 상대방이
수중에 무기를 지니고 있는지,
만약 가졌다면 어떤 것일지 유추해보자.

(20페이지로)

＊ 정당방위 이상으로 해석 가능한
일말의 여지라도 있는 제스처를 취하면
과잉방위가 되어 처벌을 받을지도 모른다.
관련 판례를 참고하여 주의하도록 하자.

(16페이지로)

형법 제21조 정당방위

(1)

자기 또는 타인의 법익에 대한
현재의 부당한 침해를
방위하기 위한 행위는
상당한 이유가 있는 때에는
벌하지 아니한다.

(2)

방위행위가 정도를 초과한 때에는
정황에 의해 그 형을 감경
또는 면제할 수 있다.

(3)

전 항의 경우에 그 행위가 야간
기타 불안스러운 상태하에서
공포, 경악, 흥분 또는 당황으로
인한 때에는 벌하지 아니한다.

정당방위는 항상 논란의 중심에 서는 사안으로 관련 형법만 참고해서는 그 범주를 가늠하기 어렵다. 좀 더 자세히 알아보기 위해 다음의 '정당방위를 인정받은 판례와 유의점'을 참고해 보자.

• 정당방위를 인정받은 판례와 유의점

멱살을 잡혔을 때 멱살 잡은 손을 내리치는 행위는 괜찮다. 또한 이 과정에서 상대방의 손톱이 빠지더라도 문제가 되지 않는다. 멱살 잡은 손을 뿌리치지 못하겠다면 발을 걸어 넘어뜨리는 것 또한 무방하며 넘어뜨린 후 몸으로 눌러 제압해도 된다. 하지만 넘어뜨리는 것 외의 유형력을 행사해서는 안 된다.

상대방이 도검류 등의 무기로 공격해 올 때는 손으로 칼날을 잡고 상대방을 바닥으로 밀쳐 머리를 부딪치게 하면서 칼을 빼앗아도 괜찮다. 다만 가해자가 맨정신일 경우 무기를 빼앗기 어려울 것이고 빼앗는 과정에서 피해자가 상해를 입어 과다 출혈이 될 가능성 또한 적지 않다. 또한 무기를 빼앗는 과정에서 반격으로 인해 가해자가 목숨을 잃으면 피해자는 과실치사 혐의로 감옥행을 면키 어렵다.

체격 차이로 열세일 경우 무는 것은 괜찮다. 하지만 포크 같은 무기를 이용해선 안 된다.

절도범(미수 포함)을 제압하는 것은 문제가 되지 않는다. 그 과정에서 상처를 입혀도 괜찮다. 다만 그 정도가 전치 12주에 준할 정도의 중상해라면 정당방위로 인정되지 않고 폭행치상으로 넘어간다. 특히 어떤 범죄자든 제압되거나 항복 의사를 밝힌 후에 흉기로 찔렀다가 상대방이 사망한다면 살인죄가 된다.

먼저 흉기로 위협을 가하는 상대방에게 응수하는 중에 상대방이 흉기로 상해를 입어 사망하면 살인죄가 성립되지만 외부인이 가택에 무단 침입해 살인을 저지르고 흉기를 휘둘러 와 이를 빼앗다가 상대방이 사망했을 경우 정당방위로 인정될 가능성이 있다. 다만 외부인이 무단 침입 후 심한 폭력을 행사했을 때 동일한 상황이 벌어지면 징역형을 면키 어렵다.

뺨을 맞았다면 다리를 걸어 넘어뜨려도 괜찮다. 가해자가 '놓아달라' 하기에 놓아주었더니 다시 공격해 올 경우 또 넘어뜨려도 괜찮다. 이 과정에서 가해자가 찰과상을 입어도 문제 되지 않는다. 다만 가해자가 반

격을 받아 죽거나 그에 준하는 상처를 입을 경우 정당
방위가 인정되지 않는다.

자신과 자신의 반려동물에게 폭력을 행사하는 사람
을 저지하다가 상해를 입힌 경우 정당방위가 인정된
다. 반려동물은 형법상 재산으로 분류되기 때문에 이
외의 다른 재산을 위한 방위도 동일하게 인정된다.

• 무기에 무기로 응수하기

앞서 본 바와 같이 위급상황에서 취하는 제스처의 근소한 차이로 정당방위 여부가 판가름 나곤 한다. 하지만 급박한 상황에 처했을 때 모든 판례를 비교 분석하여 가장 현명한 대응이 무엇인지 계산하고 행동하는 것은 현실적인 어려움이 있으므로 실제 상황에서는 상대방의 무기 소지 여부만이라도 확실하게 파악한 뒤 대응 방식을 결정하는 게 합리적이다.

위급 상황에서 괴한이 무기를 소지하고 있다면 우리 또한 주변의 지형지물을 활용해 융통성 있는 반격을 도모해보자! '밀폐된 지하 주차장'이라면 분리수거함으로 달려가야 할 것이다.

종이류 *paper*

공격력 : ●○○○○

방어력 : ●●○○○

히든 아이템 : 대형 가전제품 혹은 농산물 포장 상자, 포스터 지관통, 포일 심지, *300*쪽 이상의 두툼한 책

폐지함에는 무기로 사용하기엔 빈약하고 매가리 없는 것 뿐이라 다른 수거함으로 노선을 변경하는 것이 사실상 이 싸움의 승률을 끌어올리는 데 더 도움 되는 선택일 수 있다. 그럼에도 불구하고 종이류를 짚고 넘어가는 이유는 방어에 효과적인 아이템이 숨어 있기 때문. 두껍고 큼지막한 박스가 눈에 띈다면 바로 손에 넣어라! 단단한 농산물 포장 상자 혹은 명절 선물 세트 박스로부터 괴한의 공격을 막아줄 든든한 방어구 역할을 기대해볼 수 있을 것이다. *(Tip.* 겉면에 어떠한 종류의 내용물을 몇 킬로그램까지 수용할 수 있는지 표기되어 있으니 이를 참고하여 내구성이 뛰어난 것으로 셀렉하자.*)* 또한 심심찮게 눈에 띄는 포일 심지나 포스터 지관통 따위의 단단한 원통형 심지류는 발견 즉시 확보하라. 유초등 시절 멋 모르고 등 떠밀려 다녔던

해동검도의 실력을 발휘할 수 있는 절호의 기회이니
이를 놓쳐서는 안 된다.

∗
단단한 원통형의 심지류는
내구성이 좋고 외형이 무뎌
상대방에게 외상을 입히지
않으면서 제압할 수 있어
정당방위에 부합하는 대응에
특화된 아이템이다.

∗
대학가 건물의 상층부는
학생 전용 오피스텔이
차지한 경우가 많다.
해당 건물 분리수거함에는
대학생들의 두툼한 전공
서적과 더불어 덕질의
잔해인 포스터 지관통이
버려져 있을 확률이 크다.

플라스틱류 plastic

공격력 : ●●○○○

방어력 : ●●●○○

히든 아이템 : 배달 음식 포장 용기, 버블티 빨대

이전 챕터에 비해 공격 및 방어 지수가 호전되는 양상이 보이나 아직 안심하긴 이르다. 플라스틱 또한 크기와 두께에 따라 내구성이 천차만별이기 때문에 단시간 내 합리적인 셀렉을 끌어내야만 한다. (26페이지로)

좋은 소식이 하나 있다. 2018년 9월 1일 자로 시행된 '매장 내 일회용 컵 사용 금지법' 덕분에 해당 분류함에서 가장 많은 부피를 차지하며 쓸 만한 것을 찾을 때 방해만 될 일회용 컵이 자취를 감추었다는 것이다.

버블티 빨대가 보인다면 반드시 확보하라. 깨진 유리 조각과 함께 블로우건으로 활용할 수 있다. 총알로 삼을 만한 것이 당장 눈에 띄지 않더라도 빨대 자체의 성질이 단단해 단품으로도 충분히 활용 가능하다. 상대방의 눈이나 입을 벌린 순간을 틈타 목구멍을 찌르면 단시간 내 제압이 가능할 것이다.

신체 보호 시 무엇보다
머리를 우선으로 두어야
하는 것을 기억하자.
배달 포장 용기가 보이면
즉각 뒤집어 써서 헬멧으로
사용하라. 다만 남은 소스가
눈으로 들어가지 않도록
각별히 유의해야 한다.

눈을 깊게 찌르면
과잉방위가 될 확률이
높아지므로 강약 조절에
심혈을 기울이자.

• 페트병의 종류와 내구성

페트병은 제작 원료에 따라서 상압병, 내압병, 내열병, 내열압병 네 가지로 분류할 수 있다. 종류별 내구성에 대하여 알아보자.

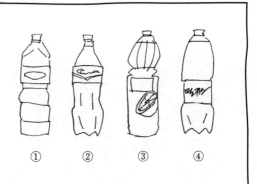

①   ②   ③   ④

① 상압병 : 기본형의 페트병이다. (*ex*. 생수)

② 내열병 : 내용물이 뜨거울 때 주입하는 주스
같은 음료를 위한 병. 주입 시 입구가 변형될
우려가 있어 단단하게 제작하며 흰색을 띤다.
바닥 면은 평평함. (*ex*. 과즙 음료, 이온 음료)

③ 내압병 : 탄산이 첨가된 음료를 위한 병.
탄산 주입 시 압력을 버텨야 하므로 바닥면이
올록볼록함. (ex. 맥주, 탄산수, 탄산 음료)

④ 내열압병 : 내압병과 내열병의 강점을 두루
갖추어 입구가 단단하고 흰색을 띠며 바닥면
또한 올록볼록하여 열과 압력에 모두 강함.
(ex. 암바사, 밀키스)

즉 상압병 < 내압병 < 내열병 < 내열압병 순으로 튼튼
하니 위기 상황에서는 무조건 '밀키스'임을 잊지 말자.

캔류 can

공격력 : ●●●●○

방어력 : ●●○○○

히든 아이템 : 통조림 캔 뚜껑, 철사 옷걸이

캔류부터는 종이류나 플라스틱류에 비해서 공격력이 월등하게 업그레이드되며, 이 시점부터는 사실상 히든 아이템을 발굴하기 위한 노력이 큰 의미가 없다. 고철류는 눈에 띄는 족족 집어들어 마구 내던지기만 해도 상대방의 접근을 어느 정도 제지할 수 있을 것이며 디테일을 더해 캔을 가로로 찢어 던지기까지 한다면 더 강력한 위협을 행사할 수 있다. 좀 더 확실한 제압이 필요한 상황이라면 통조림 뚜껑 서너 개를 모아 표창으로 활용해보자. 날카로운 단면을 통해 강도 높은 타격감을 선사할 수 있을 것이다.

  다만 눈과 동맥, 성기 등의 급소에 적중할 경우 과잉방위 혐의가 될 위험이 커지니 유의해야 한다. 다음으로 철사 옷걸이를 찾아보자. 옷걸이의 갈고리 부분을 괴한의 입에 찔러넣고 낚싯바늘로 물고기 꿰듯 찍어내려 보자. 구강 내 살갗은 매우 연약한 편이므로 작은

힘으로도 큰 손실을 입힐 수 있다. 마찬가지로 정맥이
흐르는 청근은 빗겨 찍어야 한다.

∗
조준의 정확도를
끌어올리기 위해서
통조림 뚜껑을 곧게
펼쳐 주어야 한다.
던지기 전 필히 뚜껑의
상태를 확인하자.

유리류 *glasses*

공격력 : ● ● ● ● ●
방어력 : ● ● ○ ○ ○
히든 아이템 : 추려낼 필요 없음

분리수거함에서 가장 강력한 코너로 히든 아이템을 고민하는 것은 아까운 시간만 흘려보낼 뿐이다. 무엇이든 손에 잡히는 대로 꺼내어 휘두르면 그 자체로 둔기가 되며, 유리를 깨어 부순 날카로운 단면으로 날붙이 무기의 효과도 볼 수 있다. 다만 이 강력함에는 일장일단이 있으니 유의할 것*!*

유리를 무기로 사용하고자 할 때는 힘의 완급 조절에 주의해야 한다. 급한 마음에 있는 힘껏 내리쳤다가는 정당방위인지 과잉방어인지 따져 볼 것 없이 콩밥행을 면치 못할 확률이 100퍼센트에 수렴하기 때문. 아무리 생각해도 억울한 처사지만 법대로 행해야 상황 종료 후에 처리할 뒤끝이 남지 않으니, 억울함은 잠시 잊고 손아귀 힘의 강약을 조절하는 데 집중하자.

＊
유리병을 깬 단면으로
괴한의 종아리, 발목 등
하중이 실리는 부위를
집중 공략하여 따라오지
못하도록 한 뒤 도망치자.

31

• 휴대하기 간편한 호신용품

– 최루 스프레이 키링

휴대성이 용이한 데다 작은 크기에 비해 강력한 효과를 볼 수 있어 시판 중인 호신용품 중에서도 스터디셀러인 아이템이다. 다만 스프레이를 단품으로 가방이나 주머니에 넣고 다닐 경우 정작 위급 상황이 닥쳤을 때 어디에 두었는지 몰라 허둥지둥하게 되는 난감한 상황에 봉착할 수 있으니 유사시 바로 찾을 수 있도록 키링으로 달고 다니는 것을 추천한다. 아직 에어팟 키링을 정하지 못했다면 실용적이면서도 독특한 이 최루 스프레이를 달아보는 것은 어떨까?

- 관악기

유사시 연주를 시작하면 압도적인 사운드*로 이목을 끌 수 있어 도움 요청에 효과적이며, 공격당할 때 뽑아 들어 냅다 내리꽂기만 해도 강력한 반격 효과를 낼수 있는 호신용품계의 만능 아이템이다. 다만 호른과 트롬본, 튜바 등 몇몇 금관악기는 초심자가 소리를 내려면 많은 연습 시간이 필요하다는 특이점이 있다.

의욕과 시간이 허락한다면 이번 기회를 통해 악기 하나쯤 배워두는 것은 어떨까? 겸사겸사 레슨을 받아두면 프로필을 적을 때 취미란을 있어 보이게 꾸밀 수 있다! 그럴 만한 금전적 시간적 여유가 없더라도 실망하지 마라. 휴대가 간편하고 누구나 쉽게 연주할 수 있는 리코더와 하모니카 또한 못지않은 차선책이 되어 줄 것이다.

＊영국의 한 비올리스트가 본인이 공연한 로열오페라하우스를 상대로 '회복 불능의 난청'에 대한 손해배상을 청구한 사건이 있었다. 리허설 당시 바로 뒷자리였던 금관악기의 음량이 137dB까지 올라갔기 때문인데, 이는 제트엔진이 작동하는 소리와 같은 수준이다.

- 호신용 액세서리

너클 링과 스터드 브레이슬릿을 착용한 손으로 상대방을 가격하면 맨주먹보다 몇 배는 더 강도 높은 타격감을 선사할 수 있으며, 평소에도 '호신용품'을 지니고 있는 느낌보다 '은근히 멋부린 기분'으로 자신감이 업그레이드되는 산뜻함을 만끽할 수 있다.

특히 고스 룩(goth look)*착장을 기본으로 너클 링과 스터드 브레이슬릿을 착용한다면 더욱 컨셉 확실한 스타일링을 완성할 수 있다. 올블랙 룩에 10센티미터가 훌쩍 넘는 통굽 클리퍼, 까만 레이스가 겹겹이 달린 비효율적인 양산을 함께 매치하면 2005년 힙합퍼 스트리트 스냅샷의 클론으로 다시 태어나 세간의 집중을 한몸에 받는(여러 의미로!) 패셔니스타로 거듭날 수 있을 것이다.

---

*1970년대 후반부터 헤비메탈 록 밴드 팬들을 중심으로 퍼져나간 블랙 베이스의 스트리트 패션 스타일. 한국에서는 2000년대 초반에 유행했다. 드라마 <안녕 프란체스카>와 영화 <팀 버튼의 크리스마스의 악몽> 의상들이 고스 룩에 해당한다.

① RICK OYES, MINI BLACK DRESS
② Q.U.K., BLACK SUEDE PLATFORM CLIPPER
③ ALEXANDER McKING, 05SS LACE PARASOL

• 맨손에 맨손으로 응수하기

괴한의 수중에 무기가 없는 것을 확인했다면, 맨손으로 위협하는 상대방에게 무기로 반격을 가할 경우 과잉방위가 될 확률이 높아지므로 가능하면 나 또한 상대를 맨손으로 제압해야 한다. 어렵지 않게 따라 할 수 있는 호신술 세 가지가 있다. 호신술은 체력이 열세인 것을 감안하고 조직된 동작들이므로 힘의 격차에 대해 크게 걱정하지 않아도 된다. 그보다 동작과 동작을 잇는 스피드가 관건이므로 주춤대지 않고 단번에 모든 동작을 소화할 수 있도록 미리 연습해두자.

다만 비대한 체격 차이나 기타 사유로 인해 도무지 승산이 없어 보이고 생명의 위협이 느껴진다면, 정당방위 과잉방위 고민하지 말고 연장을 챙겨 목숨부터 건사하고 보자.

- 휴대전화로 손목 골절시키기

② 괴한이 사람이 아닐 경우

괴한이 사람이 아닌 어떤 것*이라면? 힘이나 기술로 제압할 수 있는 차원의 상대가 아니기에 상황은 전보다 복잡해지고 만다. 심지어 귀신이라고 다 같은 귀신인 것도 아니다. 사연 있는 죽음을 겪었다든가 못 이룬 업이나 인연이 이승에 남아 있다든가 여러 사유에 따라 산 자에게 이로운 귀신이 되었을 수도, 해로운 귀신이 되었을 수도, 무관심한 귀신이 되었을 수도 있다.

슬프게도 우리 대다수는 초면인 귀신의 파란만장한 인생 굴곡을 간파할 수 없는 일반인이다. 당신이 현직 무당이거나 신내림을 받아본 경험이 있는 게 아니라면 그들을 상대하기에 앞서 행동 패턴과 특징 등을 관찰한 뒤 대략적인 카테고라이징을 거쳐 내 앞에 나타난 귀신이 어떤 장르인지 추측하고 합리적인 대처 방안을 수립해야 한다.

＊귀신의 범주는 원시 신앙과 종교의 대상인 범신론적인 존재, 비물질적인 존재, 죽은 사람이나 동물의 영혼 또는 눈에 보이지 않으며 산 자에게 화복을 내리는 정령을 아우른다.

모습을 숨긴 채 접근하는 얄궂은 귀신도 있다! 사방에
느껴지는 기묘한 기운, 귀신인지 아닌지 도통 알 길이
없다면 하단의 자가진단표를 활용해보자.

(1) 물체가 외부 압력 없이 혼자 움직이는가?
그것이 홀로 바닥에 떨어졌다면 50퍼센트,
공중에 떠다닌다면 100퍼센트(하나), 공격하기
시작했다면 150퍼센트(하나 이상)의 확률로
귀신과 같은 공간에 있는 것이다.

(2) 언플러그드 상태의 전자 기기가 작동하는가?
마찬가지로 그것이 나를 해치려 든다면 귀신과
함께일 확률은 150퍼센트에 수렴한다.

(3) 평소 눈에 띄지도 않던 쥐 떼가 도망치고
얌전하던 반려견이 이상 행동을 보이는가?
반려견의 경우 산책 여부를 먼저 확인하자.

(4) 허공에서 강렬한 시선이 느껴지고 무언가가
피부에 닿은듯한 촉감이 선연한가?
높은 확률로 함께(혹은 붙어) 있는 것이다.

다친 기억이 없는 부위에 상처와 멍 자국이
남아 있다면 더욱 확실해진다.

(5) 생전 처음 맡아보는 설명할 수 없이 괴상한
냄새가 진동하는가?
해당 장소에서 도저히 원인을 찾을 수 없다면
귀신 특유의 냄새일 확률이 높다.

(6) 특별한 이유 없이 주변의 온도가 급격하게
차가워지거나 급격하게 뜨거워지는가?
타죽거나 얼어죽은 귀신의 경우 주변부의
온도가 그와 비슷해지는 사례가 종종 있다.

(7) 느낌이 심상치 않아 자리를 피하고자 하는데,
돌고 돌아 같은 장소로 돌아오는가?
이미 농간에 휘말려 든 상황이다. RIP…

①②③④⑤⑥⑦

• 귀신을 카테고라이징해보자

- 신체의 형상이 온전한가?

신체가 온전치 못한 귀신이라면 사고로 생을 마감했을 확률이 크다. 이러한 경우 급작스럽게 맞이한 죽음으로 한이 서린 원귀(怨鬼)일 가능성이 있어 각별히 조심해야 한다.

- 특정 장소에서만 나타나는가?

특정 장소에서만 모습을 보이는 귀신이라면 해당 장소에 사연이 있어 쉽게 자리를 뜨지 못하는 귀신일 수 있다. 그러한 사연은 대부분 본인의 죽음이나 복수와 연관된 것이 많아 이 유형 또한 원귀(怨鬼)일 확률을 배제하기 어렵다. 하지만 원귀로 단정 짓기 전 근처에 대대로 가옥을 물려받은 전통 깊은 가문이 있는지 먼저 조사해보는 것을 추천한다. 본인의 가문을 지키기 위해 집 주변을 순찰하는 성주신일 수도 있으므로 지레 겁부터 먹을 필요는 없다. (46페이지로)

- 장소를 불문하고 눈에 띄는가?

장소를 가리지 않고 출몰하는 귀신은 객지에서 횡사한 객귀(客鬼)일 확률이 높다. 객귀는 예부터 연고 없는 이에게도 무작위로 달라붙어 갖은 재앙을 몰고 오는 것으로 악명이 자자하다. 코앞에서 장난을 치려 하거나 온종일 졸졸 쫓아오더라도 끝까지 안 보이는 체 연기하는 것이 상책이다.

- 그림자가 있는가?

피골이 상접한 얼굴에 초점 없는 동공, 부시시한 머리칼, 너저분한 차림새. 겉모습에서 사람이 아니라는 확신이 들더라도 실례가 될 수 있으니 비명을 지르기 전 그림자의 유무 먼저 확인해보도록 하자. 그림자가 있다면 논문심사를 앞둔 불쌍한 대학원생일지도 모른다.

- 한을 품은 원귀

앞서 말했듯 억울한 사유로 변을 당했거나, 살아생전 목표로 하던 숙원 사업을 갈무리하지 못하고 급작스러운 죽음을 맞이한 경우 분노와 슬픔을 주체하지 못하고 내세를 떠돌아다니는 원귀가 될 수 있다. 이러한 경우 죽음에 직접적으로 연루된 이는 물론이거니와 연고 없는 이들까지 화(和)를 입히곤 하니 각별한 주의가 요구된다. 화가 미치는 범주는 작게는 아끼는 유리잔을 깨뜨리는 장난부터 크게는 목숨을 위협하는 것까지 다양해 그 행동 양상을 예측하기 어렵다.

다만 원귀의 한을 풀어줄 수 있다면 화의 대상에서 열외되는 것은 물론이요 성불한 귀신이 은덕을 내려줄 수도 있기 때문에 담력이 따라준다면 진상 규명을 도와 '한 풀어주기 챌린지'에 도전해보는 것도 좋다.

- 실루엣이 투명한가?

투명도가 0퍼센트에 근접할수록 승천이 임박한 터, 세상사와 당신에게 별 미련 없는 귀신일 가능성이 크다. 그가 보이지 않는 양 자연스레 행동하라. 특히 눈이 마주치지 않도록 조심해야 한다. 조용히 스쳐지나가는 것이 피차에게 이롭다.

- 집안의 길흉화복을 관장하는 성주신

분명히 초면이기는 한데 왠지 모르게 낯이 익다든가 이유 없이 나에게 호의적인 태도를 보인다면 가문의 조상신이실 가능성이 크다! 조심스레 말문을 터서 본관과 성함을 물어보도록 하자. 귀신에게 말을 붙이기 위해서는 사람을 한 명 더 불러와야 한다. 산 사람 둘, 종이, 펜이 준비되었다면 여건은 충족되었다.

'분신사마'의 실행법은 다음과 같다. 먼저 종이에 귀신에게 할 질문과 객관식 답안지를 적는다. 해당 상황에서는 '우리 가문 조상 어른이 맞으신가요?' 'O X'가 되겠다. 두 사람이 마주 앉아 함께 펜을 잡고 주문을 외면 펜이 답변 위로 서서히 움직일 것이다.

 주문의 기본형은 "ぶんしんさま, ぶんしんさま, おい
で ください (분신사마, 분신사마, 오이데 구다사이)"로,
'분신님, 분신님, 여기로 와 주십시오'라는 의미다.
구태여 원조를 따지자면 분신사마로 외는 것이 맞으
나… 조상님을 찾으면서 일본어를 사용하면 되레 밉
보이는 수가 있으니 우리 말로 시도해보는 편이 좋다.
*Chip.*아니라는 답변이 돌아올 경우를 대비해 도망칠
궁리도 미리 해두어야 한다.)

눈을 뜨니 세상에
좀비 바이러스가 퍼졌다면?

저는 크리처 무비를 좋아합니다. 기괴하기 짝이 없는 생명체를 상상으로 그려내 컴퓨터 그래픽으로 숨을 불어넣고 스크린 안에서 살아 숨 쉬게 하는 과정은 경이롭기까지 해요. 외계 행성에서 온 전대미문의 존재부터 멸종했던 혹은 멸종한 줄만 알았던 고대 생물체의 귀환, 몸집을 몇 배는 불려 새로 태어난 키메라(chimera)형 맹수 크리처 그리고 정체불명의 바이러스에 감염된 후 숙주 탐색과 식인만을 반복하는 좀비.

이질적이면서도 왠지 모르게 익숙하고, 그래서 더 위협적으로 느껴지는 이 모든 괴물에게 무한한 호기심과 가슴 뛰는 설렘을 느낍니다. 괴물이 등장한다는 암시가 있는 홍보 문구를 내건 영화라면 암울한 로튼 토마토 지수도, 실망을 넘어선 분노의 리뷰도 불문하고 극장으로 달려가곤 해요.

크리처 무비의 마고할미 격인 <Alien>의 '제노모프', 태어나 처음 접한 크리처인 <괴물>의 '한강괴물', <Life>의 '캘빈' 등. 닥치는 대로 사람을 공격하고 잡아먹는 존재들은 언제나 심장을 콩콩 뛰게 만듭니다. 공략하기 쉬운 사냥감이 지천에 깔려 있더라도 그들의 공격 우선순위는 언제나 인간이잖아요. 인간의 과욕과 무책임한 행동이 모든 원흉의 시발점이 되고, 그 이기적인 욕심쟁이는 반드시 엄중한 죗값을 치른다는 클리셰는 뻔하지만 언제나 통쾌합니다. 크리처물보다 권선징악을 더 확실하게 가르쳐주는 장르가 또 있을까요!

모든 괴물을 평등하게 사랑하지만, 그중

에서도 아주 조금 더 애정을 두고 보는 장르는 '좀비물'이에요. 장르 특성상 하이퀼리티 그래픽 작업과 세심한 분장이 요구되어서인지 대부분의 좀비물은 어마어마한 스케일의 블록버스터 혹은 분장을 대놓고 서투르게 때운 제대로 B급 코미디, 둘 중 하나인 경우가 많은 것 같아요. 물론 저는 둘 다 좋아합니다. 후자 중에서는 좀비 등장 자체에 힘을 다 소모했는지 개연성도 웃음 포인트도 죄다 애매해 보다가 숙연해지곤 하는 작품도 종종 있긴 하지만… 아무렴 그냥 스크린에서 좀비를 만나는 것 자체로 충분한걸요. <I AM A HERO> <나는 전설이다> <28일 후> <World War Z> <Scout Guide to the Zombie Apocalips> <좀비 랜드>시리즈 그리고 <메이즈 러너: 데스큐어>와 <캐빈 인 더 우즈>를 특별히 좋아해서 이 영화들은 틈 날 때마다 다시 보곤 해요. Netflix Original <킹덤>과 HBO <워킹 데드>같은 드라마도 마찬가지예요. 몇 번이고 돌려보며 다음 시즌을 손꼽아 기다립니다. 좀비 아포칼립스를 집착적으로 좋아해 몰입도가 날로 깊어지다 보니 가끔은 '저 건물에서는 좀비를 떼거지로 맞닥뜨려도 해볼 만하겠는데?' '헉, 이런 길목에서 좀비를 만나면… 그냥 혀를 깨물어야겠네' 하는 식으로 현실에 대입해 상상에 빠지곤 합니다. 어느 날 갑자기 눈앞에 좀비 떼가 나타날 확률은 거의 없다는 것을 (왠지 인정하기 싫지만!) 잘 알고 있어요. 하지만 가끔은 상상하게 돼요. 어쩌면….

어느 날 잠에서 깨니 바깥이 정체불명의 울부짖음과 비명으로 소란하고, 환풍구로 역한 피비린내가 올라오고 있다면? 이게 무슨 난리인가 싶어 창문을 열고 거리를 내려다본 순간 동강 난 몸을 이끌고 비척비척 걸어다니는 좀비들과 혼비백산해 뛰어다니는 이웃들을 마주하게 된다면?

놀란 가슴을 부여잡고 신고부터 하려 휴대전화를 집어드니 이미 가족, 애인, 친구들의 부재중 전화가 열 통이 넘게 찍혀 있다. 차례대로 다시 걸어보지만 신호가 가지 않는다. 통신망이 먹통이 된 걸까? 어디서 주워들은 건 있어 찬장에서 먼지 쌓인 라디오를 꺼내 틀었다.

"국민 여러분, 실제 상황입니다-. 당황하지 말고 침착하게 행동해주세요-. 2주치의 물과- 식량을 확보하시고- 건물 내에 있다면- 되도록 바깥으로 나오지 말고 대기하십시오-. 저희는 이 방송을 통해- 어…? 으, 으악!" 헉… 당황하니 눈물조차 나오지 않는다. 이제 어쩌지? 한참을 멍하게 있다 보니 불현듯 제리 요원의 대사가 머리를 스치고 지나간다.

Tommy, I used to work in dangerous places. and People who moved survived, and Those who didn't…. Movement is life. You have a better chance if you come with us.

토미, 아저씨는 위험한 곳에서 일했단다.
거기서 사람들은 계속 움직였지.
그러지 않으면 죽었으니까…. 움직여야 살 수 있어.
우리와 같이 움직이는 게 좋을 거야.

그래, 움직여야 살아남을 수 있다! 좀비 아포칼립스에는 백신을 발견하는 히어로가 늘상 있기 마련이지만, 아쉽게도 본인이 퇴역 군인 신분의 백인 남성이 아니라면 좀비 히어로 역할에 배정되었을 확률은 극히 적은 편이다. 누군가 백신을 찾아 세계 평화를 이룩할 때까지 내 목숨을 부지하고 있을 방법을 찾아야 한다.

눈을 뜨니 세상에
좀비 바이러스가 퍼졌다면?

① 무기 만들기
② 식량과 식수 확보하기
③ 전국 식료품 공장 주소록
④ 응급처치
⑤ 좀비 연애 시뮬레이션

① 무기 만들기

먼저 어떤 무기가 현 상황에 가장 합리적인 선택지가 되어줄 것인지에 대한 깊은 고민이 필요하다. 좀비 아포칼립스에서는 대부분의 인물이 총을 선택한다.

총은 무리해 타깃 근처로 접근할 필요도 없거니와, 사용 후 재정비하는 데도 시간이 소요되지 않아 단시간에 많은 수의 적을 케어할 수 있다는 점에서 좀비 아포칼립스에 가장 적절한 살상 무기다. 초심자도 사용에 큰 어려움을 겪지 않고 사용자의 신체 조건과 무관하게 강한 파괴력을 행사할 수 있다는 장점도 있다.

좀비가 점령한 세상에서는 이성적이고 냉철한 자신만이 공동체를 살리는 인물이라고 열변을 토하는 자*만 제외하면 총 가진 사람의 명줄이 가장 길다.

---

* 특히 다치거나 실종된 동료를 버리고 떠나야 한다고 강하게 주장하는 경우, 아무리 월등한 신체 조건에 기관총까지 겸비했다 한들 좀비의 공격 대상 우선순위에 랭크되는 것을 면하기 어렵다.

누구보다 뛰어난 신체 조건을 자랑하는 주인공이 좀비와 맨몸으로 데굴데굴 겨루다 무너지기 일보 직전, 그간 주인공의 보호 덕에 연명한 연약한 히로인이 좀비 뒤통수에 총 한 방을 갈기며 상황을 종료시키는 클리셰는 다들 한 번쯤 접해봤을 것이다. 신체 능력이나 머릿수가 열악한 상황에서도 여유분의 총탄과 총 한 자루만 손에 있다면 누구나 목숨을 건사할 수 있다니!

하지만 슬프게도 기존 좀비 창작물의 배경으로 설정된 국가들은 총기 소지가 합법이었기에 한국과는 사정이 많이 다르다. 대한민국에서 총기를 소지하는 것은 '무허가 총기 제조, 판매, 소지자에 대한 처벌법'에 의해 징역 3년부터 최고 30년형까지 받을 수 있는 중대한 위법 사항이다. 총기를 구매하거나 제작하다가 발각되면 "정말 일상에서 사용하는 건 상상조차 해본 적이 없어요. 맹세코 좀비가 나타나면 저와 가족을 보호하려 했을 뿐이에요!"라고 항변하더라도 그 길로 잡혀가서 3년 내지 30년의 세월을 옥중에서 보내게 될 것이다. 그렇다고 국내에서 총기를 소지할 방법이 아예 없는 것은 아니다. 엽총과 공기총은 경찰서나 실탄사격장의 무기고에 영치하는 것을 조건으로 일반인의 소지가 가능하다. 하지만 이는 상시 소지가 아닌 터, 유사시 총을 찾으러 부랴부랴 보관소로 달려가야 하므로 좀비 사태를 대비하는 방법으로는 합리적이지 못하다.

사실 좀비 바이러스를 염려할 정도로 걱정 많은 사람이 불확실한 기습에 대응하기 위해 감옥에 갈지 모를 위험을 안고 산다는 것은 어불성설이기도 하거니와⋯ 바이러스 창궐 이후가 아니고서야 총은 구하는 것도, 만드는 것도 욕심내지 않는 게 신상에 좋다.

아쉽지만 총을 포기하는 대신 법망 내에서 소지가 가능하고 상황이 닥쳤을 때 주변에서 쉽게 찾을 수 있는 평범한 재료로 간단하게 만들 만한 무기 제조법 몇 가지를 소개하고자 한다.

• 창과 단검

부엌으로 달려가 칼 종류를 전부 꺼내보자. 세간살이가 간소한 1인 가구도 식칼과 과도는 보유하고 있다고 가정하겠다. 만일 과도 없이 살아왔다면, 좀비에게 물려 죽을 걱정보다 무기질과 비타민 부족으로 인한 영양 불균형 때문에 몸이 소리 없이 죽어가는 것에 대한 조치가 더 시급할 것이므로 이번 기회에 과도를 하나 장만해서 과일을 많이 깎아 먹자. 혼자 살수록 내 몸은 내가 챙겨야 한다. 각설하고, 식칼로는 장거리용 무기인 창을, 과도로는 단거리용 무기인 휴대 가능한 단검을 만들어 볼 것이다.

<창을 만들어보자!>

준비물 : 식칼, 커튼 봉, 라이터, 가위, 물에 적신 이불,
신축성 있는 옷, 소독용 알코올, 통조림 캔, 숟가락

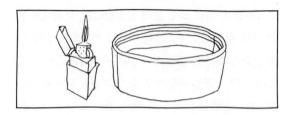

① 먼저 플라스틱 열성형을 위한 간이 알코올 스토브를
만들 것이다. 통조림 캔에 소독용 알코올 100밀리리터를 붓고
불을 붙인다. 불은 20분가량 유지된다.

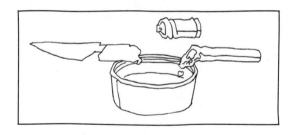

② 식칼 손잡이와 마개를 분리한 커튼 봉의 입구를
스토브에 녹여가며 봉 구멍에 식칼 손잡이가 들어갈 수 있도록
숟가락으로 모양을 잡아준다.

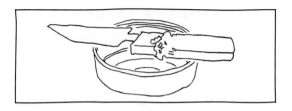

③ 커튼 봉의 구멍에 식칼 손잡이가 들어갈 정도가 되었다면
스토브에 알코올을 재충전해 연결부를 단단히 봉합한다.

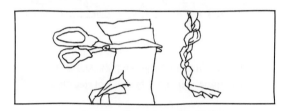

④ 가위로 옷을 잘라 밧줄 재료를 만든다.
엮어낸 밧줄로 접합부를 묶는다. 과정을 반복한다.

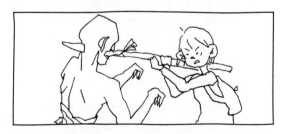

⑤ 완성된 창의 활용 예시

< 휴대용 단검을 만들어보자! >

준비물 : 과도, 박스 테이프, 인내심

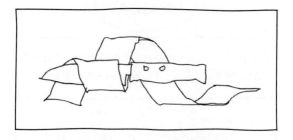

① 박스 테이프의 끈적이는 면이 겉으로 오게 한 채
살짝 여유를 두고 과도를 한 바퀴 감아 틀을 만든다.

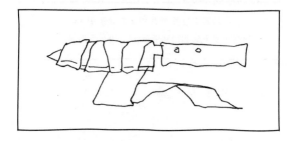

② 반대로 끈적이지 않는 면이 겉으로 오게 하고
감는 동작을 반복해 부피를 키운다.

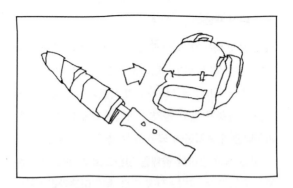

③ 과도를 안전하게 휴대할 수 있는 뚜껑이 완성되었다.

④ 완성된 단검의 사용 예시

•총 대신 새총

총에 견줄 바는 안 되더라도 견고하게 만든 새총은 부식이 진행 중인 좀비의 머리통 정도는 충분히 날릴 만한 위력을 지니고 있다! 새총의 사정거리는 적에게 본인을 노출하지 않고 공격이 가능할 정도이며, 탄환이 바닥나면 무용지물이 되고 마는 총과 달리 주변에 있는 모든 작고 단단한 물체를 탄환으로 사용할 수 있는 지속 가능한 무기라는 장점 또한 좀비 아포칼립스에서 더욱 빛을 발한다.

다만 새총의 생명은 정조준이므로 정확도를 높이기 위한 주기적인 연습이 필요하다. 좀비를 걱정한다고 비웃는 지인들에게는 생존 훈련이 아닌 취미 생활이라고 둘러대자. 만일 비웃더라도 상심하지 말도록. 그들이 좀비의 손에 붙들려서 당신의 준비성에 탄복할 때는 이미 늦었을 테니까….

<새총을 만들어보자!>

준비물 : 옷걸이, 펜치, 알루미늄 포일, 가죽 옷(합성피혁X),
가위, 펀치, 반짇고리, 넓은 고무줄, 쇠 구슬

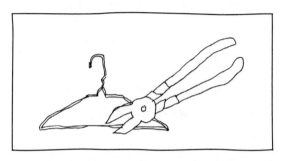

① 옷걸이로 새총의 기본 뼈대를 잡는다.
양 끝의 고리처럼 강하게 휘어야 하는 구간은 펜치를 이용하자.

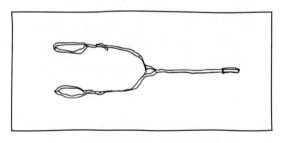

② 위와 같은 모양을 여러 개 만들어 합친다.

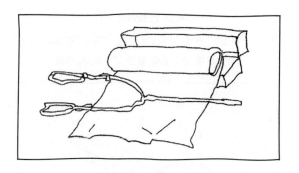

③ 포일로 뼈대를 감아 양감을 만든다.

④ 가죽을 직사각형 형태로 도려내고 양 끝에 펀치로 구멍을
뚫는다. 같은 모양을 여러 개 만들어 감침질로 봉합한다.

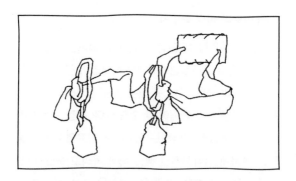

⑤ 집에 굴러다니는 밴딩 바지를 해체하면 넓은 고무줄을
구할 수 있다. 고무줄에 가죽 지지대를 꿴 뒤 양 끝 고리에
여러 번 단단하게 묶는다.

⑥ 완성된 새총의 사용 예시

② 식량과 식수 확보하기

무기를 갖추었다 해도 정작 체력이 바닥면 말짱 도루묵이다. 좀비 아포칼립스에서는 밤낮없이 신경을 곤두세워야 하며, 상상조차 못 해본 엄청난 거리를 먹지도 자지도 못한 채 이동해야 할 수도 있다. 포장마차나 푸드트럭에서 입맛 자극하는 먹거리를 고르던 지난날들이 사무치게 그립겠지만 정신 바짝 차리고 눈앞의 현실에 적응해야 한다. 이제부터 음식을 가려 먹는 건 사치 중의 사치이므로 목으로 넘길 수 있는 것이라면 뱃속으로 때려넣고 봐야 한다.

사람이 물과 음식을 섭취하지 않고 생존할 수 있는 한계는 각각 3일, 3주라고 하나 이보다 오래 버텨내는 사례*도 적지 않다. 그러니 당장 물과 음식을 구하지 못했다고 해서 낙담하지 말도록. 지금이야말로 자신의 잠재력을 믿는 것이 가장 중요한 때다.

---

* 기네스북에 등재된 물과 음식 없이 가장 오래 생존한 기록은 432시간이다. (안트레아 마하베츠, 오스트리아, 당시 18세.)

• 식량을 구해보자

자연에서 직접 식량을 구할 때, 무엇보다 가장 중요한 것은 먹을 수 있는 것과 없는 것을 확실하게 선 긋는 일이다. 좀비에게 죽을 고비를 넘기면서 악착같이 살아남았는데 허무하게 독버섯을 먹고 생을 마감할 수는 없지 않은가. 꼭 죽음에 이르지는 않더라도 배탈이나 구토 증세 등 체력 손상의 역효과를 불러올 만한 것들 또한 조심해야 한다. 불시에 좀비와 맞닥뜨려 긴장하고 싸워야 하는 순간, 배가 싸하고 아려 온다면? 물론 체면치레하지 않고 그대로 배출해버린다 한들 좀비가 핀잔을 주거나 비웃진 않겠지만, 배출하는 순간 집중력이 흐려지고 힘을 온전히 쓸 수 없어져 변을 보다 진짜 변을 당하는 사례로 남을지도 모른다.

- 도시에서 식량 구하기

21세기 한국은 대부분의 인프라가 일부 대도시를 중심으로 과밀화되어 있으므로 좀비 사태가 발생했을 때 도심에서 식량이 모자라 굶어죽을 확률은 매우 희박한 편이다. 다만 싸워야 할 좀비도, 식량을 두고 경쟁해야 하는 다른 생존자의 수도 많아 식량을 구하러 오갈 때 주의해야 할 점이 많다. 최대한 좀비와도, 다른 생존자와도 동선이 겹치지 않도록 머리를 굴려 생존이 걸린 눈치 게임의 승자가 되어야 한다.

물론 다 함께 힘을 합쳐 <좀비랜드>의 바빌론 같은 생존자 공동체를 형성하고 식량을 나누어 가질 수 있다면 더할 나위 없이 완벽하겠지만, 현실적으로 사태 발발 직후 무법천지가 되어버린 좀비 아포칼립스에서는 좀비보다 사람을 더 조심해야 한다.

대형 마트 ●●○○○

대형 마트는 다양한 식품군이 대량으로 진열된 장소이기에 구미가 당길 수 있지만, 그 많은 식품을 효과적으로 진열 및 보관하기 위해 공간을 미로처럼 복잡하게 나눠놓았다는 것을 염두에 두어야 한다. 한번 흘러들어간 좀비는 쉽사리 출구를 찾지 못하고 적재되어 그 안에서 뱅뱅 돌고 있을 확률이 높은 구조라는 의미다. 사태 발발 직후 식량을 확보하기 위해 몰려들었던 인파가 혼란 속에서 도미노처럼 우르르 감염자로 변이해 마트 안에서 떠돌고 있을지 모를 가능성 또한 무시할 수 없다. 또한 국내 대형 마트는 대개 동일 기업 계열사 백화점에게 지상층을 내어주고 지하에 위치한 경우가 많으며, 지상 층이더라도 백화점 특성상 외창을 잘 두지 않기 때문에 혹여 전기라도 끊겼다면 한낮에도 식품 코너 층은 암흑천지일 확률이 높다. 정전과 더불어 앞서 언급한 '적재된 좀비 떼거지'까지 마주친다면 아마 목숨이 세 개여도 살아나오기 어려울 것이다.

편의점 ● ● ● ● ○

2018년 3월 기준, 전국의 편의점이 총 4만 점포를 넘어섰다고 한다. 편의점은 주변에서 가장 흔히 볼 수 있는 생필품 저장고로 공간 자체가 미니멀하고 내부 구조도 복잡하지 않아 한 점포에 아무리 많은 좀비가 숨어든다 한들 그 숫자가 다섯을 넘기지 못할 것이다. 게다가 대부분의 경우 출입구도 두 개 이상이고 벽면은 통유리여서 내부에선 외부 상황을, 외부에선 내부 상황을 파악하기 용이해 혹시 모를 비상 상황에 대한 불안감을 한층 덜어낼 수 있다.

내가 쉽게 털러 갈 수 있는 만큼 타인이 이미 털어 갔을 확률 또한 높지만, 암흑의 대형 마트에서 목숨을 담보 삼아 식량을 구하는 것보다는 발품을 팔아 편의점을 찾아다니며 차곡차곡 식량을 모으는 편이 훨씬 안전하다. 조리 없이 섭취가 가능한 즉석식품 위주로 구비되어 있다는 것 또한 현시점에서 큰 장점이다.

동네 마트 ●●●●●

동네 마트는 대부분 지상층에 자리하여 대형 마트와 다르게 전기가 끊긴 이후에도 진입하는 데 위험 부담이 덜하고, 편의점보다 규모가 있는 편이라 앞선 두 선택지의 합리적인 절충안이 될 것이다.

- 산간 지역에서 식량 구하기

도시와 떨어진 산간 지역이나 해안가에 산다면, 새로운 문명의 창시자가 되었다는 컨셉을 잡고 훌리한 마음가짐으로 수렵, 채집과 농사 그리고 사냥의 기틀을 다져나가자. 무엇보다 다행인 점은 인구 수가 적은 만큼 좀비를 마주칠 확률 또한 낮아 목숨을 위협당하는 상황에 직면하는 일이 잦지 않다는 것이다.

다만 한 가지 염두에 두어야 하는 것이 있다. 농사의 연장선으로 생각하여 가축을 키우는 일까지 판을 키우지 않도록 주의할 것. 사육 환경의 어려움을 논하려는 것이 아니다. 가축의 낭창한 울음소리는 동네 좀비들에게 파티 초대장으로 인식된다는 점을 명심하라.

• 식수를 구해보자

사태 발생 초만 하더라도 물을 구할 방도는 꽤 다양할 것이다. 마트나 편의점에서 밀봉된 맑은 샘물을 어렵지 않게 찾을 수 있을 것이고, 공원의 음수대에서는 아리수를, 등산로 초입의 약수터에서는 음용 가능한 지하수를 구할 수 있을 것이다. 하지만 사태가 지속되고 점차 시일이 지나면서 거의 비슷한 시기에 그 모든 것이 자취를 감출 것이다. 문제는 그 때부터다.

새벽마다 물건을 채워주던 편의점의 물류 차량이 더 이상 오지 않으니 창고의 식음료는 누군가의 눈에 띄는 즉시 사라질 것이고, 아리수의 수질 관리 시스템 또한 무인으로 무한정 돌아갈 수는 없을 것이며, 약수터도 사람의 관리 없이 수질이 유지되기는 어렵다. 조만간 깨끗한 물을 구하는 것이 식량을 구하는 일보다 어려워지는 시점이 올 것이다. 그 전에 자체적으로 식수를 마련할 방법을 알아두자.

- 물 끓여 마시기

장작을 준비하고 불을 견딜 만한 냄비를 구해 물을 끓이자. 기포가 올라오면 물이 끓기 시작했다는 신호이며 그때부터 시간을 재도록 한다. 박테리아와 기타 미생물을 효과적으로 제거하기 위해선 5분 내지 10분가량 끓여야 하며, 끓인 물은 식힌 뒤 상층부 물만 음용하는 것이 가장 위생적이다. 단, 물을 끓이더라도 금속과 미네랄은 제거되지 않는다는 점을 유념해야 한다.

　　고도가 높을수록 끓는점이 낮아지기 때문에 산에서 물을 끓일 때는 낮은 지대에서 물을 끓일 때와 같은 효과를 기대할 수 없다는 것 또한 참고하자.

- 간이 정수기 만들기

나무껍질로 간이 정수기를 만들어보자. 자작나무를 비롯해 그와 비슷한 종의 나무는 껍질이 유연하면서도 꺾였을 때 모양이 유지되는 성질이 있어 만들기 재료로 적합하다. 깔때기 모양을 굳히기 어렵다면 주변에 있는 줄기식물로 동여매어 모양을 잡아도 좋다. 뛰어난 정수 효과를 기대하기는 어렵겠지만, 간단한 준비로 물속 미생물의 수를 어느 정도 줄일 수 있다.

여유가 된다면 제작한 정수기에 여과재를 채워넣자. 천 조각, 작은 자갈, 모래, 숯가루, 모래, 굵은 자갈 순으로 밑에서부터 쌓아올라가면 된다. 오염된 물이 시판하는 생수 품질까지 회복되지는 않더라도 처한 환경에서 구할 수 있는 최소한의 준비물로 최대한의 오염물질을 제거할 수 있는 방법이다. 끓인 물의 윗물을 떠내어 간이 정수기로 여과하면 안심하고 음용할 수 있는 수준의 식수가 마련된다.

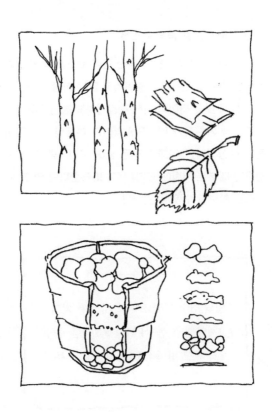

③ 전국 식료품 공장 주소록

국내 여덟 개 식품 기업의 생산 공장 주소지 목록이다. 좀비들이 도로 표지판을 뜯어먹지 않는 이상 찾아가기는 힘들지 않을 터이니 사태가 장기화되면 참조하자.

　본인의 거주지가 비수도권역이라 마트나 편의점이 적어 속상했다면 이제 걱정은 넣어두어도 좋다. 생산 공장은 대부분 지방에 있다! 운이 따라준다면 몇 달 치 식량도 확보할 수 있을 것이다.

임의 선정한 국내 여덟 개 식품 기업 :
CJ제일제당, 동원F&B, 샘표식품, 농심,
롯데푸드, 삼양식품, 동서식품, 오뚜기

서울특별시

· 서울특별시 구로구 경인로 518번지
· CJ제일제당 영등포공장

밀가루와 베이킹 믹스 제품*을 생산하는 공장이다. 레시피를 따라할 부재료도 베이킹 조리 기구도 없으니 쓸모없다고 생각할 수 있지만, 식감을 포기하고 물에 개어 푹 익혀 먹는다면 괜찮은 탄수화물 섭취 수단이 될 것이다.

경기도

· 경기도 성남시 중원구 둔촌대로 388번길 14번지
· 동원F&B 성남공장

맛살, 어묵, 어육 소시지와 같이 대체로 유통기한이 짧은 수산가공품을 생산하는 공장이다. 좀비 사태가 벌어진 뒤 시일이 꽤 지났다면 굳이 방문을 추천하지는 않지만 건어물 생산 라인을 보유하고 있으므로 근처라면 한 번쯤 방문해보는 것도 나쁘지 않다.

＊밀가루 제품은 필히 온전하게 익혀 먹어야 한다. 배탈을 비롯한 소화기 만병은 익히지 않은 밀가루 섭취로부터 발생한다.

· 경기도 연천군 청산면 순욱길 256번지

· 동원F&B 연천공장

페트병 생수를 생산하는 공장이다. 지금 같은 시기에 매우 귀한 오염 없는 깨끗한 물을 확보할 수 있다.

· 경기도 수원시 장안구 천천로 210길 21-15번지

· 동원F&B 수원공장

우유, 쿨피스, 유산균을 생산하는 공장이다. 비교적 부패 속도가 빠른 제품들로 좀비 사태가 벌어진 뒤 시일이 꽤 지났다면 방문을 추천하지 않는다.

· 경기도 안산시 상록구 용담로 141번지

· CJ제일제당 안산공장

전분, 전분당(물엿, 고과당, 결정과당), 폴리덱스트로스, 타가로스 같은 식품 원료를 생산하는 공장이다. 전분을 물에 개어 푹 익혀 먹는다면 괜찮은 탄수화물 섭취 수단이 될 것이며 당분은 기운을 돋워주는 열량원이 될 것이다. 다만 당분을 과잉 섭취하면 부작용이 따르니 반드시 적정량인 하루 섭취 열량의 20퍼센트에 맞추어 섭취해야 한다.

· 경기도 군포시 당정동 농심로 35번지

· 농심 안양공장

라면, 스낵류를 생산하는 공장이다. 유탕면은 실질적
섭취 기한인 소비 기한이 13개월로 넉넉한 편인 데다
고열량에 무게까지 가벼워 계속 이동해야 하는 현 사
태에 적합한 비상식량이 될 것이다.

· 경기도 안성시 공단로 28길

· 농심 안성공장

라면, 스낵류를 생산하는 공장이다. 안양공장과 다르
게 수프를 메인으로 생산한다. 모든 삶고 굽는 요리에
활용이 가능한 라면 수프(a.k.a 마법의 가루)를 쟁여
두면 삶의 질이 한층 높아질 것이다.

· 경기도 평택시 포승읍 포승공단순환로 245번지

· 농심 포승공장

콘, 포르치니 버섯, 체다치즈, 크림, 어니언크림, 시금
치크림 6종의 분말형 건조수프를 생산하는 공장이다.
조리가 매우 간편하며 부피도 작아 계속 이동해야 하
는 현 사태에 적합한 비상식량이 될 것이다.

· 경기도 안성시 동안구 흥안대로 405번지
· 오뚜기 안양공장

레토르트 식품 위주의 500여 가지 제품을 생산하는 공장이다. 오뚜기 최대의 식품 생산 라인을 보유한 곳으로 방문을 강력 추천한다.

· 경기도 평택시 세교산단로 101번길 47번지
· 롯데푸드 평택공장

면류, 가공 채소 생산 공장이다. 생면은 유통기한+9일까지, 건면은 유통기한+50일까지 섭취가 가능하다. 근처라면 한 번쯤 방문하는 것도 나쁘지 않다.

· 경기도 용인시 기흥구 중부대로 874번길 2-1번지
· 롯데푸드 용인공장

샌드위치, 도시락, 삼각김밥, 주먹밥, 햄버거 같은 레토르트 식품류를 생산하는 공장이다. 비교적 부패 속도가 빠른 제품들로 좀비 사태가 벌어진 뒤 시일이 꽤 지났다면 방문을 추천하지 않는다.

· 경기도 안산시 단원구 성곡로 32번지

· 롯데푸드 안산공장

식품첨가물, 향료, 초콜릿, 농산가공품 생산 공장이다. 초콜릿은 미 전투식량 MRE (Meal Ready to Eat, 즉각 취식형 식품) 라인업에 올라 있는 공인된 비상식량으로 초콜릿만 들고 나와도 본전은 챙길 수 있다.

· 경기도 평택시 포승읍 공단로 118번길 259번지

· 롯데푸드 포승공장

커피를 생산하는 공장이다. (야호!) 안정된 보금자리를 구하지 못했다면 긴장 속에 밤을 지새워야 하는 현시점에서 기호식품보다는 필수식품에 가까워진 카페인을 비축하기 위해 방문할 가치가 충분하다.

· 경기도 이천시 호법면 이섭대천로 58번지

· 샘표식품 이천공장

간장을 생산하는 공장이다. 지속 가능한 생존을 위해 간장의 주원료인 콩으로 공장 앞마당에서 농사를 시작해보는 것은 어떨까? 삶의 의미를 찾기 어려운 상황에서 좋은 취미생활이자 위로가 될 것이다.

세종특별자치시

· 세종특별자치시 연서면 당산로 495-20번지
· 샘표식품 조치원공장

농수산물 가공 식품을 생산하는 공장이다. 신선식품은 부패 속도가 빠른 편으로 좀비 사태가 벌어진 뒤 시일이 꽤 지난 상황이라면 방문을 추천하지 않는다.

인천광역시

· 인천광역시 중구 서해대로168번지
· CJ제일제당 인천냉동식품공장

만두, 냉면, 냉동 디저트, 냉동 반찬을 생산하는 공장이다. 전기가 끊기지 않았다면 방문 가치가 충분하나 끊긴 이후라면 냉장 시스템이 셧다운되어 죄다 부패했을 확률이 높다. 전력 공급 상태부터 확인한 뒤 방문 여부를 결정하자.

· 인천광역시 중구 아암대로 20번지

· CJ제일제당 인천1공장

설탕, 올리고당, 요리당류를 생산하는 공장이다. 당이
떨어지면 어지럼증과 집중력 저하, 근육 경련과 오한
을 유발하므로 꾸준한 섭취가 필요하다.

· 인천광역시 중구 서해대로 140번길 49번지

· CJ제일제당 인천2공장

식용유, 참기름을 생산하는 공장이다. 기름은 생존 도
구로서 가치가 높기 때문에 방문을 강력히 추천한다.

· 인천광역시 중구 축항대로 87번길 30번지

· CJ제일제당 인천3공장

인천 2공장과 마찬가지로 식용유와 참기름을 생산하
는 공장이다. 둘 중 가까운 곳을 방문하면 된다.

· 인천광역시 부평구 새벌로 55번지

· 동서식품 부평공장

커피를 생산하는 공장이다. 안정된 보금자리를 구하지 못했다면 긴장 속에 밤을 지새워야 하는 현시점에서 기호식품보다는 필수식품에 가까워진 카페인을 비축하기 위해 방문할 가치가 충분하다.

강원도

· 강원도 원주시 문막읍 왕건로 49번지

· 삼양식품 문막공장

유가공 제품을 생산하는 공장이다. 비교적 부패 속도가 빠른 제품들로 좀비 사태가 벌어진 뒤 시일이 꽤 지났다면 방문을 추천하지 않는다.

＊탈지분유에는 전지분유보다 많은 단백질이 함유되어 있지만, 열량은 전지분유가 더 높은 편이다. 필요에 따라 선택하면 된다.

· 강원도 횡성군 안흥면 봉화로 790번지

· 롯데푸드 파스퇴르 공장

분유, 이유식, 우유 등 유제품을 생산하는 공장이다. 장기 보관이 가능한 전지분유와 탈지분유* 생산 라인이 있어 방문 가치가 충분하다.

· 강원도 원주시 우산로 177번지

· 삼양식품 원주공장

라면, 스낵을 생산하는 공장이다. 유탕면은 계속 이동해야 하는 현 사태에 적합한 비상식량이 될 것이다.

충청남도

· 충청남도 공주시 계룡면 영규대사로 599번지

· CJ제일제당 공주공장

된장, 쌈장 등 장류를 생산하는 공장이다. 간장과 마찬가지로 콩이 주원료로 충분한 방문 가치가 있다. 또한 방문 후 후술되는 동원 아산공장으로 2차를 간다면 '된장찌개+쌀밥 정식'을 구현할 수 있다.

· 충청남도 논산시 연무읍 죽본2길 16
· CJ제일제당 논산1공장

고추장, 양념장, HMR*, 액젓을 생산하는 공장이다. 사
태의 장기화로 우울증이 심화되고 있다면, 산비둘기
를 잡아서 양념장을 덧발라 유사 치킨을 구현해보는
것도 나름대로 파이팅이 될 것이다.

· 충청남도 논산시 가야곡면 가야공단길 23-23번지
· CJ제일제당 논산2공장

간장을 생산하는 공장이다. 주원료가 콩, 소금, 물이
기 때문에 충분히 방문 가치가 있다.

· 충청남도 논산시 가야곡면 가야공단길 24-17번지
· CJ제일제당 논산3공장

고춧가루를 생산하는 공장이다. 현 상황에서 큰 쓸모
는 없으니 방문 우선순위에서 제외하는 편이 좋다.

---

*HMR은 Home Meal Replacememt의 준말로, 가정 간편식을 의미하
며 도시락, 김밥 같은 즉석 섭취 식품부터 즉석 밥, 죽 같은 즉석 완조리
식품, 냉동 만두와 냉동 볶음밥 같은 즉석 반조리 식품을 모두 포함한다.

· 충청남도 천안시 서북구 천일고 3길 31번지

· 동원F&B 천안공장

홍삼 가공품을 생산하는 공장이다. 건강 보조 식품보다는 필수 영양소 섭취가 더 급박한 시기이므로 방문 우선순위에서 제외하는 편이 효율적이다.

· 충청남도 아산시 둔포면 윤보선로 320번지

· 동원F&B 아산공장

즉석 밥을 비롯한 냉동 식품을 생산하는 공장이다. 즉석 밥의 경우 소비 기한이 12개월가량 되므로 사태 발생 후 12개월이 지나지 않았다면 방문 가치가 있다.

· 충청남도 아산시 탕정면 탕정면로 485번지

· 농심 아산공장

스낵과 농산물 가공 식품을 생산하는 공장이다. 스낵류는 칼로리에 비해 염분 함유량이 높으므로 식수가 충분하지 않다면 섭취가 도리어 독이 될 수 있다는 것을 염두에 둬야 한다.

· 충청남도 천안시 서북고 2공단 4로 19번지

· 롯데푸드 천안공장

빙과류, 가공 유지, 통조림 햄을 생산하는 공장이다. 통조림 햄은 유통기한 +12개월까지 섭취가 가능하므로 언제든 방문 가치가 충분하다.

충청북도

· 충청북도 진천군 광혜원면 광혜원산단길 112번지

· 동원 F&B 진천공장

포장 김치, 가공 유지, 통조림 햄을 생산하는 공장이다. 통조림 햄은 유통기한 +12개월까지 섭취가 가능하므로 언제든 방문 가치가 충분하다.

· 충청북도 청주시 흥덕구 공단로 40번지

· 동원 F&B 청주공장

조미김을 생산하는 공장이다. 해조류에는 현시점에서 섭취하기 어려운 영양분인 미네랄과 비타민이 풍부하므로 방문하여 균형 잡힌 영양 섭취를 도모하자.

· 충청북도 괴산군 불정면 하산로1길 33-10번지

· 동원 F&B 중부공장

페트병 생수를 생산하는 공장이다. 지금 같은 시기에 매우 귀한 오염 없는 깨끗한 물을 확보할 수 있다.

· 충청북도 음성군 대소면 대풍산단로128번지

· 오뚜기 대풍공장

마요네즈, 쌀, 즉석 밥을 생산하는 공장이다. 마요네즈는 세 스푼이 밥 한 공기의 칼로리와 맞먹는 고열량 식품으로 유용하나, 유통기한 + 3개월까지만 섭취가 가능하니 참고하여 방문 계획을 세워보자.

· 충청북도 진천군 광혜원면 광혜원산단 2길 112번지

· CJ제일제당 진천공장

통조림 햄, 소시지, 두부, 쁘띠첼을 생산하는 공장이다. 통조림도 통조림이지만 두부의 원료가 되는 콩과 푸딩의 원료인 젤라틴*까지 확보할 수 있어 방문을 강력 추천한다.

＊ 판 젤라틴은 탄수화물과 단백질, 당류를 포함한 유용한 식품이다.

· 충청북도 음성군 금왕읍 무극로 65번길 19번지

· CJ제일제당 음성공장

포장 김치를 생산하는 공장이다. 단일 품목만 생산하는 공장으로 김치가 필요한 것이 아니라면 방문을 추천하지 않는다.

· 충청북도 청주시 흥덕구 대신로 164번길 6번지

· 롯데푸드 청주공장

통조림 햄, 소시지를 포함한 육가공 식품을 생산하는 공장이다. 통조림 햄은 유통기한 +12개월까지 섭취가 가능하므로 언제든 방문 가치가 충분하다.

· 충청북도 영동군 흥산면 흥산로 892번지

· 샘표식품 영동공장

육가공 식품을 생산하는 공장이다. 그중에서도 육포를 메인으로 생산한다. 육포의 유통기한은 12개월 선으로 넉넉한 편이며 +2주까지 섭취가 가능하니 참고하여 방문을 계획해보자.

· 충청북도 진천군 광혜원면 광혜원산단 2길 78-23

· 동서식품 진천공장

시리얼, 캔커피, 육가공 식품을 생산하는 공장이다.
방문 가치가 충분하다.

전라북도

· 전라북도 군산시 외항1길 426번지

· CJ제일제당 군산공장

가축 사료를 생산하는 공장이다. 정말 급박한 상황이
라면 방문을 고려해보자. 경험자들의 증언에 따르면
섭취 후 몸에 별다른 이상이 나타나지는 않지만 맛과
향이 심히 역하다고 한다. 해당 공장에는 소, 돼지, 닭,
물고기용 생산 라인이 따로 있어 선택지도 다양하다.

· 전라북도 정읍시 정우면 정읍북로 763번지

· 동원F&B 정읍공장

우유를 비롯한 유제품을 생산하는 공장이다. 비교적
부패 속도가 빠른 제품들로 좀비 사태가 벌어진 뒤 시
일이 꽤 지났다면 굳이 방문을 추천하지 않는다.

· 전라북도 완주군 소양면 복은길 46-39번지

· 동원F&B 완주공장

페트병 생수를 생산하는 공장이다. 지금 같은 시기에 매우 귀한 오염 없는 깨끗한 물을 확보할 수 있다.

· 전라북도 남원시 인월면 천왕봉로 135-53번지

· CJ제일제당 남원공장

비비고, 고메 제품 등 HMR(가정 간편식)을 생산하는 공장이다. 이름만으로 군침 도는 라인업이지만 비교적 부패 속도가 빠른 제품들로 좀비 사태가 벌어진 뒤 시일이 꽤 지났다면 굳이 방문을 추천하지 않는다.

· 전라북도 진안군 진안읍 홍삼한방로 21-23번지

· CJ제일제당 진안공장

홍삼, 인삼, 마 가공품을 생산하는 공장이다. 건강 보조 식품보다는 필수 영양소 섭취가 더 급박한 시기이므로 방문 우선순위에서 제외하는 편이 효율적이다.

· 전라북도 익산시 익산대로 21길 1-12번지
· 삼양식품 익산공장

유가공 식품 및 라면을 생산하는 공장이다. 유탕면류는 계속 이동해야 하는 현 사태에 아주 적합한 비상식량이 되어줄 것이므로 방문을 추천한다.

전라남도

· 전라남도 강진군 강진읍 해강로 1405번지
· 동원 F&B 강진공장

치즈를 비롯한 유제품을 생산하는 공장이다. 비교적 부패 속도가 빠른 제품들로 좀비 사태가 벌어진 뒤 시일이 꽤 지났다면 굳이 방문을 추천하지 않는다.

광주광역시

· 광주광역시 광산구 하남산단 9번로 21번지
· 동원 F&B 광주공장

녹차 음료를 생산하는 공장이다. 수분 섭취를 할 수 있는 좋은 기회이며 녹차의 카테킨 성분은 항산화, 혈중 콜레스테롤 농도 개선 효능이 있어 방문을 추천한다.

· 광주광역시 북구 하서로 270번지

· 롯데푸드 광주공장

샌드위치, 도시락, 삼각김밥, 주먹밥, 햄버거 같은 레
토르트 식품류를 생산하는 공장이다. 비교적 부패 속
도가 빠른 제품들로 좀비 사태가 벌어진 뒤 시일이 꽤
지났다면 굳이 방문을 추천하지 않는다.

경상북도

· 경상북도 구미시 1공단로 7길 58-11번지

· 농심 구미공장

스낵류, 라면을 주로 생산하며 농심 최대의 식품 생산
공장이다. 방문을 강력하게 추천한다.

· 경상북도 김천시 공단 3길 94번지

· 롯데푸드 김천공장

HMR(가정 간편식)을 생산하는 공장이다. 비교적 부
패 속도가 빠른 제품들로 좀비 사태가 벌어진 뒤 시일
이 꽤 지났다면 굳이 방문을 추천하지 않는다.

경상남도

· 경상남도 양산시 어곡공단 2길 66번지
· CJ제일제당 양산공장

밀가루, 프리믹스 등을 생산하는 공장이다. 레시피를
따라 할 부재료도 베이킹 조리 기구도 없으니 쓸모없
다고 생각할 수 있지만, 식감을 포기하고 물에 잘 개
어 푹 익혀 먹는다면 괜찮은 탄수화물 섭취 수단이
될 것이다.

· 경상남도 창원시 외창구 남면로 201번지
· 동원F&B 창원공장

참치를 비롯한 생선류 통조림을 생산하는 공장이다.
양념을 첨가하지 않은 통조림의 경우 유통기한이 7년
에 육박하며, 고추참치 등 양념을 첨가한 통조림 또한
5년은 끄떡없는 데다 실질적인 섭취 가능 기간은 유
통기한+12개월이므로 방문 가치가 충분하다.

· 경상남도 창원시 외창구 반계로 40번지

· 동서식품 창원공장

커피를 생산하는 공장이다. 현시점에서 기호식품보다는 필수식품에 가까워진 카페인을 비축하기 위해 방문할 가치가 충분하다.

울산광역시

· 울산광역시 울주군 삼남면 반구대로 149번지

· 오뚜기 삼남공장

오뚜기 안양공장(500여 가지의 레토르트 식품 생산라인 보유)과 동일한 생산 라인을 갖춘 공장이므로 방문을 강력하게 추천한다.

부산광역시

· 부산광역시 사하구 다대로 210번지

· CJ제일제당 부산공장

다시다, 식초, 산들애, 푸딩, 밥이랑 등의 가공식품을 생산하는 공장이다. 필수 영양소 섭취가 더 급박한 시기이므로 방문 우선순위에서 제외하는 편이 좋다.

· 경상남도 양산시 어곡공단 4길 3번지

· 롯데푸드 부산공장

레토르트 식품류를 생산하는 공장이다. 비교적 부패 속도가 빠른 제품들로 좀비 사태가 벌어진 뒤 시일이 꽤 지났다면 굳이 방문을 추천하지 않는다.

· 부산광역시 사상구 사상로 455번길 46번지

· 농심 부산공장

라면, 스낵류를 생산하는 공장이다. 유탕면은 계속 이동해야 하는 현 사태에 적합한 비상식량이 될 것이다.

· 부산광역시 강서구 녹신산단 2로 73번지 48번길

· 농심 녹산공장

건면 생산 라인을 보유한 공장이다. 유탕면에 비하여 보존 기간이 짧으므로 좀비 사태가 벌어진 뒤 시일이 꽤 지났다면 굳이 방문을 추천하지 않는다.

표본으로 삼은 여덟 개 식품 기업 공장 중
대전광역시, 대구광역시, 제주특별자치도의
공장 수가 적어 표본 외 타 기업 공장들을
임의로 추가 선정해 목록을 재구성했다.

대구광역시

· 대구광역시 달서구 갈산동 969-3번지
· SPC삼립푸드 대구공장

빵가루를 생산하는 공장이다. 생산 과정 중에 있는 건
조 빵은 3년을 먹을 수 있고 밀봉되어 있다면 3년이
지나도 무방하다. 적합한 비상식량이 될 것이다.

· 대구광역시 동구 등촌로 260번지
· 푸드웰 방촌공장

과실 정제 식품인 시럽, 퓨레, 통조림과 주스를 생산
하는 공장이다. 보존율이 보장된 과일 통조림과 수분
을 섭취할 수 있는 주스가 있으므로 방문 가치가 충분
하다. 한동안 당 떨어질 염려도 묶어둘 수 있다.

대전광역시

· 대전광역시 중구 사정동 509-6번지
· 대림종합식품 대구2공장

튀각, 부각을 생산하는 공장이다. 해조류에는 현시점에서 섭취하기 어려운 영양분인 미네랄과 비타민이 풍부하므로 방문하여 균형 잡힌 영양 섭취를 도모하자.

제주특별자치도

· 제주특별자치도 제주시 한림읍 월각로 956번지
· 삼양 제주공장

우유를 비롯한 유제품을 생산하는 공장이다. 비교적 부패 속도가 빠른 제품들로 좀비 사태가 벌어진 뒤 시일이 꽤 지났다면 굳이 방문을 추천하지 않는다.

· 제주특별자치도 서귀포시 남원읍 한남리 5-7번지
· 제주오렌지 공장

㈜제주오렌지는 제주 특산품으로 익히 알려진 돌하르방 감귤 초콜릿을 생산하는 공장이다. 고열량 비상식량이니 양껏 쟁여두자.

· 제주특별자치도 제주시 외도1동 474-1번지
· BGF푸드 제주공장
BGF푸드는 CU편의점 내 간편식을 담당하는 식품 제
조 대행업체다. 대부분이 신선 식품으로 유통기한이
넉넉한 편은 아니나 다양한 제품군을 생산하고 있어
방문 조사해볼 가치가 충분하다.

④ 응급처치

좀비에게 물려서 이 페이지로 곧장 온 거라면 망설일 시간이 없다. 바이러스가 뇌까지 퍼지기 전에 해당 부위를 잽싸게 절단해야만 한다! 차마 제정신으로 본인의 몸에 칼을 댈 수 없다면 염치 불구하고 주변 동료에게 도움을 요청하자. 안타깝게도 뼈까지 끊어내야 하는 상황이라면, 뼈의 구성 성분상 곧게 내리치는 것보다 배배 비틀어 부수는 것이 고통도 덜하고 훨씬 빠르게 상황을 종료할 수 있는 방법이니 참고하자.

절단 직후에는 출혈로 인한 쇼크 때문에 몇 분 정도 의식이 몽롱할 수 있으므로 어지럼증이 온다 해서 이미 감염이 진행되었다고 속단하면 안 된다. 하지만 절단된 신체 조각의 피비린내에 군침이 돌기 시작한다면… 동료들을 위해 자리를 뜨도록 하자. 다행히 변이가 일어나지 않았다면 111페이지 '신체 일부가 절단되었을 때'를 참고해 조치를 취하자.

• 응급처치 시 주의사항

전문적인 치료와 투약이 어려운 좀비 아포칼립스에서는 초기 대응이 중요하므로 반드시 숙지해야 한다.

(1) 부상자가 고통을 호소하는 부위 외에 또 다른 부상이 있을 수 있으니 전신을 확인해야 한다. 특히 좀비로 인한 교상은 경미해 보이더라도 후 증상을 유발할 수 있으니 꼼꼼히 살펴야 한다.

(2) 인공호흡과 상처 부위 지혈은 모든 응급처치에 앞서 우선적으로 이루어져야 한다.

(3) 부상자에게 부상의 정도를 말하지 않아야 하며, 같은 맥락에서 부상자의 시야에 환부가 노출되지 않도록 조치를 취해야 한다.

(4) 사소한 충격으로도 심실세동이 유발될 수 있으므로 정말 필요한 경우가 아니고서야 부상자를 움직이게 하면 안 된다. 꼭 운반해야만 한다면 부상자의 발이 앞으로 오게 자세를 만들어주고 들것에 태워 조심스럽게 이동해야 한다.

(5) 부상자는 안전한 장소에 수평으로 뉘어야 한다.
심한 쇼크를 받은 상태일 경우 머리는 낮게 발은
높게 위치시켜야 하며, 토를 한다면 얼굴을
측면으로 돌려 기도를 확보해야 한다.

(6) 의식불명의 부상자는 옷을 벗기거나 헐렁하게
해 몸에 가해지는 압박을 최소화시켜야 한다.
또한 의식불명 상태에서 음식을 섭취하게 해서
는 안 되며 출혈이 심한 부상자에게 물을 주는
것 또한 금기 사항이다.

(7) 부상자의 생사를 속단하면 안 된다.
특히 저체온증 환자의 경우 죽은 것처럼 보이나
응급처치 후 소생하는 사례가 많다.

- 신체 일부가 절단되었을 때

절단 후 실온에서는 4~6시간 내, 절단 조각을 냉장 보존했을 경우 18시간 내 접합술을 시행해야 조직 괴사를 막을 수 있다. 절단 부위가 오염되지 않도록 깨끗한 천이나 수건으로 압박해 지혈한 뒤 생리식염수로 상처를 세척하고 출혈 부위가 압박될 수 있도록 동여매야 한다. 압박을 통해 어느 정도 지혈이 되었다면 사지를 고정함으로써 움직임을 최소화해 더 이상의 출혈이 발생하지 않도록 조치한다.

- 출혈이 심각할 때

출혈이 극심하여 단순 압박만으로는 지혈이 되지 않는다면 절단부의 한 뼘 정도 위를 천으로 강하게 동여매지혈대를 만들어주어야 한다. 지혈대로 활용할 천은 상처에 직접 닿지 않으므로 깨끗하지 않은 것을 사용해도 무방하다. 상처를 감싼 붕대가 피에 젖어도 압박이 풀리지 않도록 새것으로 가는 것보다는 그 위로 덧대어 감아주는 것이 좋다. 또한 상처 부위는 항상 심장보다 높은 위치에 두어야 한다.

- 호흡곤란이 왔을 때

기도가 완전히 막힌 상태에서는 3~4분 이내에 의식을 잃을 수 있고 5~6분이 지나면 사망에 이르기 때문에 빠르게 조치해야 한다.

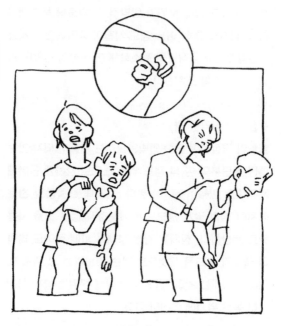

<하임리히법>

A) 의식이 있는 경우

환자가 기침으로 숨을 뱉어낼 수 있도록 하임리히법을 실시한다. 먼저 환자를 일으킨 다음 뒤에서 안는 듯한 자세를 취하고 두 손을 환자의 배꼽과 흉골 끝 움푹 파인 곳 사이에 포개어 잡는다. 이때 한 손은 반대쪽 손의 손목을 잡는다. 마지막으로 환자를 세게 당겨 올린다. 이를 반복해서 행한다.

B) 의식이 없는 경우

환자를 눕힌 상태에서 흉부 압박을 시행한다. 한쪽 손등에 다른 쪽 손바닥을 얹어 깍지를 끼고 아래쪽 손가락을 젖힌 상태로 흉부에 얹은 다음 분당 100~120회의 속도로 5~6센티미터 깊이를 30회 압박한다. 갈비뼈를 부러뜨릴 각오로 체중을 실어 압박해야 한다.

- 머리를 다쳤을 때

출혈이 있다면 지혈을 하고 기도를 확보하여 호흡을
유지한 뒤 맥박을 확인해야 한다. 경추 손상의 우려가
있다면 완만한 장소에서 경추 고정부터 실시해야 하며
귀나 코를 통해 맑은 물이 흘러나오는 경우 뇌척수액
이므로 거즈 등으로 살며시 덮어만 두되 절대 붕대 등
으로 압박을 가해서는 안 된다. 두부 손상만 있다면 머
리 부위를 30도 정도 올려 뇌부종을 줄여야 한다. 머
리를 다친 환자에게 외부 온도 21도 이상일 때 담요를
덮어주는 등 억지로 환자의 몸을 따듯하게 하는 조치
는 도리어 해가 된다.

- 골절된 경우

부러진 뼈를 억지로 맞추려 해서는 안 된다. 골절된 뼈
의 양쪽 관절에 부목을 덧댄 뒤 천으로 동여매거나 삼
각건 형태를 만들어 골절된 뼈가 고정되도록 조치를
취한 뒤 더 이상의 충격을 받지 않게 각별히 유의하며
상태를 살펴야 한다.

- 물에 빠졌을 때

물에 빠진 환자가 의식이 없거나 팔다리가 힘없이 늘어져 있다면 경추 손상의 우려가 있으므로 바로 고정시켜야 한다. 일반적인 심정지의 경우 흉부 압박만으로 효과를 볼 수 있으나 물에 빠진 환자는 호흡성 심정지이므로 가급적이면 인공호흡을 더해야 한다. 처치 시 심장 마사지 30회에 인공호흡 2회의 비율로 시행하면 된다.

- 저체온증

급하게 체온을 정상으로 되돌리려 하기보다는 더 이상 체온이 떨어지는 것을 막는 정도의 처치만 해야 한다. 젖은 옷을 벗겨내고 담요를 덮어주며 환자가 있는 장소의 온도를 따뜻하게 돌보는 정도가 적합하다. 저체온증 환자의 경우 외형상으로는 이미 죽은 것처럼 보이다가 응급처치로 소생하는 경우가 많기 때문에 설불리 사망으로 추정해서는 안 된다. 실온의 산소를 투여하며 필요시 바로 심폐소생술을 할 수 있도록 준비하고 있어야 한다.

- 화상을 입은 경우

화상을 입은 직후 흐르는 찬물에 환부를 20분 이상 담가 열기를 식혀야 하며 어느 정도 식은 후에도 얼음 주머니 등으로 냉찜질을 해야 한다. 옷 안에 화상을 입었다 하더라도 그대로 흐르는 물에 담가야 한다. 옷을 억지로 벗겨내다 환부가 악화될 수 있으므로 필요시 가위로 도려내는 정도의 조치만 취하는 것이 좋다. 화상은 초기 대응을 특히 잘 해야 고통과 진물이 훨씬 덜하므로 특히 빠른 대처가 필요하다. 열을 식힌 환부는 거즈를 덧대어 압박되지 않는 선에서 고정해둔다.

- 인공호흡법

환자를 뉜 다음 머리를 뒤로 젖히고 턱을 끌어올려 기도를 개방한다. 손으로 환자의 코를 쥐고 숨을 크게 들이마신 후 입으로 환자의 입을 완전히 덮고 가슴이 부풀어오를 때까지 공기를 강하게 불어넣는다. 입을 떼어 들어간 공기가 자연히 되나오도록 하며, 귀를 환자의 입에 가까이 대고 숨소리와 가슴의 움직임의 여부를 주시해야 한다. 반복하여 실시하되 최초 2회는 산소를 부드럽게 충분히 불어넣어야 한다. 그다음부터는 5초당 1회 정도의 속도로 반복한다. 가슴이 부풀었다 줄었다 하지 않는다면 기관에 이물질이 있는 것으로 간주하고 곧바로 하임리히법을 시행해야 한다.

⑤ 좀비 연애 시뮬레이션

좀비 아포칼립스에 적응하고 살아남기 위해서는 내 세상의 장르부터 파악해야 한다. 누군가 좀비에게 해코지당하는 광경을 목격하게 된다면 조금은 메스껍더라도 인내하며 관찰해보자.

장기 적출의 묘사가 솔찬히 적나라해 R등급은 붙겠다 싶은 경우, 세상은 히어로가 백신을 구하는 에피소드 중심으로 굴러갈 확률이 높으며 히어로가 이끄는 집단에 소속되지만 않았다면 꽤 안전하면서도 지루한 플로우의 인생이 되리라 예측해볼 수 있다. 좀비들도 히어로만 주야장천 쫓아다니기 때문…. 언제 돌아올지 모를 장기 휴가라 생각하고 자기 계발을 도모하며 적적하지 않게 지내는 것이 정신 건강에 좋을 것이다.

신체 내부 구조를 이렇게까지 자세히 보여줄 필요가 있나 싶게 잔혹한 현장을 목격했다면, NC17(미성년자 관람 불가), NC(등급 보류) 등급 마니아층 고어물 세계일 확률이 높으므로 조금이라도 덜 끔찍하고 덜 아프게 죽기만을 기도해야 할 것이다….

마지막으로 자체 모자이크 처리가 따라오는 느낌을 지울 수 없는 경우가 있다. 좀비가 사냥감을 물어뜯기 직전, 길 건너에 숨어 있는 내 눈치를 슬쩍 보고선 담벼락 뒤로 끌고 가 버둥대는 손만 보이는 각도를 유지하며 식사를 한다든가, 어쩌다 해코지 장면을 정면으로 마주치더라도 경이로울 정도로 깔끔한 전체 관람가용 한입 컷(마치 젤리를 베어문 듯한 단면도)을 보여준다든가, 무엇보다 비명 소리가 억눌린 절규보다 호들갑스러운 하이톤 괴성에 가깝다면?

119

운 좋게도 B급 하이틴 로코 좀비물 세계에 배정되어 즐거운 생활을 영위할 가능성이 높아졌다. B급 하이틴 로코 좀비물 세계에서는 퇴역 군인 신분의 백인 남성이 아니더라도 주인공이 될 수 있다! 주인공의 앞길에는 예측 불가능한 다양한 에피소드가 대기하고 있다. 내가 주인공일 경우를 대비해 로코 좀비물 주인공에 합당한 인재상을 분석해보자. 다양한 상황을 가정하고 해결법을 구상하는 루틴을 통해 어느 정도 대응력을 키워나갈 수 있을 것이다. 이를테면 <웜바디스>의 R처럼 매력적인 좀비가 나타나 구애를 펼칠 수도 있다. ㅎㅎ… 어떻게 대처할 것인가.

- 섣부른 판단은 금물

아무리 아이디얼 타입의 현신 그 자체인 좀비가 접근해 오더라도 머릿속 1순위는 언제나 생존이어야 한다. 본인이 고어물 세계에 있다면 단 한 톨의 로맨스도 기대하면 안 된다. 상황을 객관적으로 판단하자.

그 혹은 그녀가 내게 다가오는 것이 관심의 표현인지, 굶주림의 본능인지 파악하는 것은 그리 어렵지 않을 것이다. 좀비 사태 발발 전 인간 대 인간의 연애에서 목적 있는 접근을 트루 러브로 착각하는 경우엔 배신감이나 실연의 상처 같은 정신적 피해가 남지만, 좀비 아포칼립스에서 후자를 전자로 오인하는 경우 따르는 결과는 단 하나, 목숨 헌납뿐임을 기억하라.

- 플라토닉 러브

좀비 애인과의 스킨십? 목구멍을 거슬러 올라오는 장기가 부패하는 냄새와 더불어 그 혹은 그녀를 스쳐간 다른 사람들의 뼛조각과 살점이 아직 애인의 입속을 굴러다니고 있을지도 모른다. 오직 사랑의 힘으로 이 모든 것을 이겨낼 수 있다고 자부하더라도 좀비 애인과 타액이 섞이는 시점에 구강 내부에 자그마한 상처라도 있었다면 이후 감염의 위험 또한 무시할 수 없는 노릇이다. 스킨십 이외의 방법으로 서로에게 사랑을 표현하자.

- 식습관 교정

이웃사촌의 사체를 간식거리로 삼게 두고 싶지 않거나 사소한 이유로 다투다 홧김에 한입 뜯기고 싶지 않다면, 연애 초기부터 상대방의 식습관에 대해 강한 압력을 넣어야 한다. 날짐승 들짐승 물짐승 등 다양한 선택지를 두고 시작해보자.

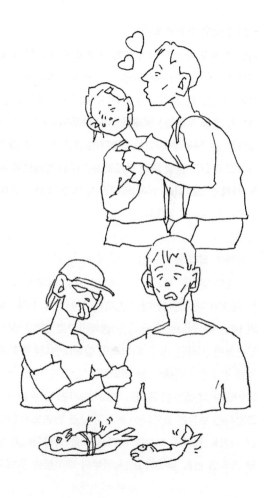

- 많은 것을 바라지 말자

개인 차에 따라서는 뇌 일부가 부패한 경우도 있을 것
이다. 좀비 애인이 정상적인 사고가 불가능해진 시점
에서 내 생일을 기억하지 못했다거나(본인 생일도 기
억하지 못할 것이다) 동료를 잃어 슬픔에 빠진 나에게
제대로 된 위로 한마디를 건네기는커녕 시신에 대고
입맛을 다신다 한들 좀비 아포칼립스에서 홧병으로 죽
은 사람 1호로 남고 싶지 않다면 일찍 통달하는 편이
서로에게 이로울 것이다.

- 동태눈 되지 않기

상대방의 육신은 부패가 진행되고 있다. 어찌 보면 가
장 중요한 이 사안에 대해 진지한 고민 없이 단지 '좀
비 애인'을 만나보고 싶다는 생각만으로 상대방에게
접근했던 거라면, 정말 이기적인 발상이었다! 물론 R
처럼 창백한 다크서클을 제외하곤 살아 있는 인간과
외양이 거의 흡사한 좀비도 있다. 하지만 모든 좀비가
그렇다는 보장은 없으니… 부패가 별로 진행되지 않아
산 사람의 형상과 비슷할 때만 사랑을 속삭이다가 얼
굴 거죽이 반쯤 날아가고 난 뒤부터 데이트도 뜸해지

고 같이 있다가도 은근히 덜 부패한 좀비들에게 눈알 굴리는 똥차가 되지 않도록 하자. 권선징악 클리셰의 좀비 아포칼립스 풍토상 잡아먹히는 엔딩을 맞을 확률 이 높다.

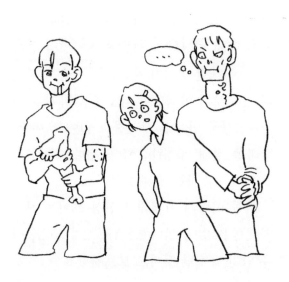

어색한 사람이
정면에서 걸어오고 있다면?

살다 보면 웬만해서는 마주치고 싶지 않은
부류의 사람이 생기지 않나요? 꼭 헤어진
뒤의 연인처럼 서로를 소 닭 보듯 하는 증
오의 관계를 말하는 게 아니에요. 정말 아
무 생각이 들지 않는 상대이건만 같이 있다
보면 왠지 미묘한 어색함이 스멀스멀 올라
오고, 어색한 공기가 불편해 은근슬쩍 피해
다니다 보니 어색함이 극도로 심화된 그런
관계. 결국 아무런 사건사고 없이도 이 사
람과는 절대 가까워질 수 없겠다는 확신이
들어버리고 마는 관계 있잖아요.

다들 이렇게 어색해서 신경 쓰이는 사람
하나쯤은 있지 않나요? 뭐, 제가 조금, 아
주 약간 유별난 걸지도 모르지만요….

저는 어색한 사람을 마주치면 전혀 불편하지 않은 척, 지극히 평범한 일상의 한순간을 보내고 있는 척, 무신경해 보이기 위해 무던히 노력하지만 과연 상대방이 보기에 티가 나는지 안 나는지는 잘 모르겠어요. 잠들기 전 침대에 누워 그때 그 상황을 곱씹으며 삐걱거리는 행동을 하지는 않았는지, 당황해서 이상한 말을 뱉은 건 아닌지, 잠들기 직전까지 고민하는 소심한 성격이라 어색한 사람과의 만남은 최대한 피할 수 있으면 피하려고 노력하는 편이에요.

남들 하는 만큼만 하자는 좌우명으로 살아온 지도 어언 2N년, 공동체에 유연하게 묻어가며 사는 법은 통달했다고 생각했는데 '어색한 사람에게 어색한 티 일절 안 내고 쿨한 척 자연스럽게 대처하는 스킬'은 아직 많이 부족한 것 같습니다.

어색함을 느끼는 데서 오는 피로는 말로 다할 수 없을 정도예요. 육체적으로 긴장하다 보니 생각도 경직되고, 그래서 곤욕스럽게도 평소라면 하지도 않을 말이나 행동이 불쑥불쑥 튀어나오기도 합니다.

줌은 길목 같은 곳에서 서로를 스쳐지나가야만 하는 상황은… 정말이지 끔찍해요. 멀찌감치부터 서로의 존재를 인식한 것이 분명하지만 못 본 척 굴며 세 가지 대처법 중 한 가지를 실행합니다. (혹시 상대 쪽에서 아는 체를 해 오는 돌방 상황이 발생할 수 있기 때문에 '사회성 있게' 응수하기 위해서는 촉을 곤두세우고 있어야 해요.)

A) 피로에 찌들어 눈에 뵈는 것이 없는 양
   바닥에 시선을 두고 털레털레 걷거나

B) 무엇인가에 집중한 것처럼 전자 기기
   액정을 보며 몰입한 표정 연기를 하거나

C) 유선 이어폰을 꽂고 (블루투스 기종은
   눈에 잘 띄지 않아 상황 어필에 적절치
   않습니다) 음악에 심취한 듯 동공을
   풀고 걷습니다.

사실은 서로 눈 마주칠까 봐 얼굴은 힐긋대지도 않으니 **3**사 연기대상감인 제 연기는 아무도 목격하지 못할 텐데 말이에요. 그렇게 쓱 스쳐지나가고 나면 이제 지긋한 자괴감의 시간이 돌아옵니다. 아아, 못 본 척 연기한 티가 너무 난 것은 아닌가. 자연스러운 생활 연기에 집중하다 보니 얼굴 근육을 죄다 이완시켜 멍청하기 짝이 없는 표정을 지은 것은 아닌가….

그렇게 마땅한 대책을 찾지 못한 채 반복해온 걱정과 후회의 시간이 너무나 아깝습니다. 제 소심한 성격을 고치지 못할 바에야 조금이라도 더 효과적으로 이 상황을 모면할 방도가 없을까요**?**

어색한 사람이
정면에서 걸어오고 있다면?

① 은신술
② 위장술
③ 최면술

① 은신술

은신술을 계획할 때 가장 중요한 것은 상대가 나를 발견하기 전에 내가 먼저 그의 존재를 알아채야 한다는 것이다. 은신술은 말 그대로 '몸을 숨기는 기술'이다. '색깔이나 무늬를 주위와 비슷하게 바꾸어 몸을 숨기는 기술'인 위장술과 비교하면 그 목적은 같지만 좀 더 포괄적인 의미를 지니고 있다. 대표적인 은신술 방법으로 아래의 세 가지를 꼽을 수 있다.

- 몸을 투명하게 만드는 기술
- 눈에 보이지 않을 정도로 빠르게 움직이는 기술
- 연막탄으로 시야를 흐리는 기술

'몸을 투명하게 만드는 기술'과 '눈에 보이지 않을 정도로 빠르게 움직이는 기술'의 경우 본인이 해당 기술을 구사할 수 있다고 증언하는 이*가 종종 나타나긴 하지만 아직까지 검증된 사례는 없으므로 안전하

---

*1995년 미국 피츠버그에서 강도가 복면을 쓰지 않은 채 은행 두 곳을 털어 경찰이 감시 카메라 영상만으로 바로 범인을 검거한 사건이 있었다. 당시 강도는 자신에게 투명인간이 되는 능력이 있다고 믿고있었기에 검거된 것에 대해 무척 의아해했다고 한다.

게 연막탄을 이용하는 방법을 선택하자. 연막탄은 온라인 폭죽 판매 사이트를 통해 손쉽게 구매할 수 있다. 어색한 사람과 마주치는 상황에 처하기 전 미리 구비해두었다가 유사시 연기와 함께 사라지면 된다. 단, 던진 뒤에는 바로 현장을 벗어나야 덜미를 잡히지 않음을 명심하라. 배송을 기다릴 시간이 없다고? 탁구공을 활용하면 집에서도 손쉽게 연막탄을 만들 수 있다.

<스모크 핑퐁 밤을 만들어보자!>

준비물 : 셀룰로이드 탁구공, 알루미늄 포일, 연필, 성냥

① 탁구공을 포일로 싸되 연필을 대어 호리병 모양을 만든다.

② 포일 주둥이를 집고 하부에 화기를 대면 연기가 올라온다.

탁구공의 성분은 셀룰로이드(celuloid)로 다이너마이트의 주재료인 니트로셀룰로오스(nitrocellulose)와 장뇌를 혼합한 열가소성 합성수지다. 그래서 작은 화기에도 점화될 수 있는 것. 화재의 위험 때문에 항공기 반입이 반려되어 올림픽에 차질을 빚기도 했으며, 이로 인해 2015년부터 국제탁구연맹에서는 국제 대회에서 플라스틱 공만 취급하고 있다.

이후 시중에 플라스틱 탁구공이 많아졌으니 제작 전 성분을 미리 확인하여 망신 사는 일이 없도록 하자.

② 위장술

위장술의 기본 개념은 배경과 자신이 완벽하게 하나로 보여야 한다는 것이다. 자연에서 동물들은 천적을 피하거나 사냥감에 들키지 않고 접근하기 위해 보호색으로 위장하지만, 인간의 경우 자체적으로 보호색을 만들지 못하므로 주변 환경의 패턴을 따 온 의복(대표적으로 군복)을 착용함으로써 모습을 은닉하곤 한다. 이처럼 주변 배경과 하나가 되고자 결심했다면 도심 속에서는 뜬금없는 길리슈트*보다는 군중 속 행인1이 되기를 자처하는 편이 목표하는 바에 부합할 것이다.

돋보이는 트레이드마크가 있는 착장을 고수하면 위장에 성공하기 어렵다. 완벽하게 군중 속 행인1로 거듭나기 위해서는 일상에서부터 눈에 띄지 않는 평범한 스타일을 유지하는 것이 유리하다. 마찬가지로 요란한 후가공을 거친 헤어스타일도 실루엣만으로 쉽게 본인

---

*Ghillie suit, 헝겊 조각이나 주변 자연물들을 덮어 주변 환경에 동화되도록 한 위장복. 주로 저격수들이 착용한다.

임이 판별될 수 있기에 오랫동안 한 가지 스타일만 고수하는 것은 피하는 편이 좋다. 대충 봐선 누구인지 유추할 수 없도록 일주일에 일곱 가지 스타일을 시도해보자. 티 나게 숨으려는 몸짓은 도리어 시선을 끌게 되므로 마스크를 쓰는 등의 어중간한 변장은 권장하지 않는다. 얼굴의 상안부만으로도 충분히 누구인지 짐작할 수 있으므로 마스크를 쓰고자 한다면 차라리 얼굴을 모조리 봉인한다는 생각으로 챙이 있는 모자 등을 함께 착용하는 것이 좋다. 무엇보다도 좋은 효과를 볼 수 있는 아이템은 도수 높은 안경이다. 비상시 착용만으로 삽시간에 위장이 가능할 것이다.

고전 액션 영화의 주인공들은 뒤를 쫓는 악당에게 발각당하지 않기 위함이라는 명목으로 길바닥에서 벽치기 뽀뽀를 나누곤 한다. 얼굴을 확인하고자 한다면 뒤통수를 잡아뜯어서라도 볼 수 있지 않나 싶건만, 거리의 과일 노점은 몇 번이고 죄책감 없이 뒤엎는 악당이더라도 길바닥에서 뽀뽀하는 커플에게만은 의심스러움에 고개를 갸웃거릴지언정 난처한 표정과 함께 못 본 체 지나가는 매너를 보여주곤 하기 때문인데….

그러나 이를 함부로 모방하다가는 큰코다칠 수 있다. 유교 코리아의 사회 정서에 부합하지 않아 도리어 더 폭발적인 이목을 끌 수도 있으며, 무엇보다 상대방의 허락 없는 돌발 스킨십은 범죄 행위임을 잊지 말자.

현실에서도 영화 <올드보이>*나 <이터널 선샤인>**
처럼 특정 기억을 지워버릴 수 있다면 얼마나 좋을까?
마주친 순간의 기억을 상대방의 머릿속에서 삭제해 버
리거나, 마주쳐도 상대방이 나를 알아보지 못하도록
나라는 사람에 대한 기억을 일순간에 통째로 들어내버
릴 수는 없는 것일까?

네덜란드 라드바우드대학 연구팀이 환자의 뇌에 전
기 충격을 가해 트라우마의 일부를 삭제시키는 데 성
공했다는 실험 결과를 발표했다. 다만 기억 삭제가 일
시적인 것인지 지속적인 것인지 확실치 않은 데다 아
직 특정 기억을 선택적으로 없애는 일은 불가능했다
고. 아무래도 현재 기술로 특정 기억을 삭제하는 것은
쉽지 않은 듯하다. 물론, 아직 포기하긴 이르다. 조금
은 구시대적이지만 시도해볼 만한 방법이 있다.

＊ 종이 울리면 걷기 시작합니다. 한 걸음마다 일 년씩 늙어갑니다. 일흔 살
이 되면 몬스터는 죽게 됩니다. 걱정할 건 없어요. 매우 편안한 죽음이니까요.
＊＊ Lacuna Clinic

③ 최면술

기억을 삭제하는 것이 불가능하다면, 최면을 통해 기억의 재구성을 시도해보는 것은 어떨까. '기억을 한다'는 행위 자체도 따지고 보면 실물 그대로를 머릿속에 집어넣는 것이 아니라 개인이 실물을 인식한 정보를 저장하는 것이다. 그래서 우리가 '실제'라고 받아들인 정보 또한 우리 뇌가 그 '실제'를 한번 판단하여 느낀 감정을 저장하는 것이며, '기억'이란 스스로 만들어낸 생각의 조합일 뿐이다. 스스로 만들어낸 기억이라면 스스로 통제할 수 있는 방법은 없을까?

'기억의 재구성'은 기억을 지우고 싶은 이유와 감정을 고려해 기존의 기억 조각을 대체할 새로운 기억을 자체적으로 만들어 바꿔치기하는 방법이다. 쉽게 말해 임의로 돌을 굴려 와서 박힌 돌을 빼내자는 것이다. 다만 최면은 일방적으로 걸 수 있는 요술이 아니기에 상대의 호응이 일절 없을 경우 실패를 감수해야 하고, 실패할 경우 무어라 둘러대야 쥐구멍에 숨고 싶지 않을지 변명거리도 준비해야 할 것이다. 이쯤 되니 먼저 인사를 건넬 용기가 조금은 샘솟는 것 같지 않은가?

• 최면 가이드

(1) 피최면자가 정신을 집중할 수 있는 환경을
조성해야 한다. 외부 소음을 온전히 차단시킬
수 있는 실내가 가장 적합하며, 조명을 가능한
한 어둡게 만든다.

(2) 규칙적인 심호흡을 유도함과 동시에 시선을
한 곳에 집중시킨다. 물건이어도 손가락이어도
좋다. 눈을 충분히 쉬게 한 뒤 눈을 감게 한다.
"눈꺼풀이 무거워집니다."

(3) 몸의 아랫부분부터 힘을 풀도록 유도한다.
발가락부터 시작해서 얼굴까지 차례대로 언급
한다. "발가락~얼굴의 힘이 전부 빠집니다."

(4) 계단 꼭대기에 있다고 상상하도록 유도한다.
천천히 내려가는 기분을 만끽하게 하라.
"한 계단 한 계단 내려갈 때마다 마음이 편안
해지고 몸이 가벼워집니다."

(5) 상황에 적절한 최면 유도를 시작한다.

"방금 마주친 사람은 새내기 때 교양 조별 과제
한 번 같이 했을 뿐 교집합은 없는데 기묘하게
항상 학식 같은 메뉴 줄에서 만나 어색하게
안부를 묻는 A가 아니라… 얼굴이 눈에 익은
과사 근로 학생일 뿐이다…"

(6) 다행히 최면이 잘 마무리되었다면 이제 최면을
풀 차례다. 급하게 깨워서는 안 된다. 심연의
계단을 다시 올라오게 하거나 천천히 숫자를
세어 보게 한다. "계단을 다시 오릅니다. 정신이
맑아지고 몸이 다시 차분해집니다."

(7) 최면이 깨고 난 뒤 마주쳐 민망해지는 상황이
빚어지지 않도록 유의한다. "열까지 세고 눈을
뜰 것입니다. 하나, 둘, 셋… 자, 넷 부터 스스로
세어 봅시다." (줄행랑)

중대사 전날 밤
잠이 안 와 늦잠이 두렵다면?

저는 수면 패턴이 일정치 못한 편이에요. 해야 할 일이 있으면 해가 떠 있을 때 미리미리 좀 해두면 좋으련만, 그 때는 저녁의 제가 어쩜 그리 든든하고 믿음직스러운지 모르겠어요! 그 친구는 어떻게든 다 마무리할 수 있을 것 같거든요. 물론 근거는 없지만요. 그렇게 마음 한편이 불편한 것을 애써 모른척하며 농땡이를 피우다가 노을이 지고 나서야 허둥지둥 노트북을 부팅해요. 하지만 안타깝게도 저녁의 저는 낮의 제가 기대한 만큼의 역량을 가진 인재가 아니더라고요. 일처리가 생각보다 더뎌져 취침 시간을 한 시간 두 시간 미루다 보면 결국 한숨도 못 자는 날이 부지기수입니다. 날밤을 꼴딱 새운 다음 날은 교수님이 아무리 눈치를 줘도 견디지 못하고 숙면을 취하는 수준으로 졸고 말아요. 그렇게 헤롱대니 밤에는 다시 말똥말똥, 밤낮이 바뀌어버립니다.

신체 건강에도, 정신 건강에도, 일의 효율성 측면에서도 무엇 하나 좋지 않다는 것을 알면서도 매번 이 패턴을 답습하며 하루하루를 연명하고 있습니다…. 안 미루면 되지 않느냐고요? 백 번 맞는 말이에요. 하지만 모두가 잠든 고요한 새벽에 나만 도태되고 있는 것 같은 불안 속에서 아등바등 집중하다 보면, 어쩌다 한 번씩 로또 같은 아이디어가 떠올라줄 때가 있어요. 벼랑 끝에서 오장이 쪼그라들어야만 나타나는 그런 번뜩이는 한 수 말이에요. 종종 꽂히는 그 새벽의 접신에 저는 벼락치기 중독자가 되어 버렸습니다. 밤낮이 한 번 바뀌면 그

여파가 며칠은 갑니다. 잠의 온-오프를 마음대로 조절하기란 정말 어려운 일이에요. 청개구리같이 자려고 마음먹으면 잠이 안 오더라고요. 이불을 덮고 눕는 시간부터 실제로 잠에 빠지는 시간까지 상당히 오래 걸리는 편인데 잠에 드는 것도 어렵지만 깨는 건 더 고역이에요. 잠귀가 어두워서 웬만한 알람에는 잘 깨지도 못합니다. 안 좋은 수면습관이 꼬리에 꼬리를 물고 따라 왔어요.

새벽에 하던 일을 마무리하고 당장 다음 날 일찍 일정이 있는 상황이라면, 몇 시간이라도 눈 좀 붙이고 일어나면 좋으련만 일어날 자신이 없어 그냥 잠을 포기하고 밤을 지새우는 걸 선택하곤 합니다. 정신없이 자다가 알람을 놓치는 불상사는 상상만 해도 끔찍하니까요. 긴장한 채로 잠에 들어봐야 다음 날 더 피곤해질것도 뻔하고요.

잠과 관련된 문제에 많이 취약하다 보니 결국 수면에 관련해서는 남에게 의존하는 경향이 큰 것 같아요. 쑥스러운 이야기지만 독립 전 부모님과 함께 살 때까지만 해도 아침에 누가 깨워주기 전까지는 일어나지를 못했습니다. 혼자 살기 시작하면서부터 조금씩 개선되기는 했는데, 온전히 나아지지는 않더라고요. 특히 조별 과제 발표를 맡은 1교시 수업 같은 중요한 일정 전날 밤에는 스트레스가 이만저만이 아닙니다. 무슨 일이 있어도 정해둔 시간에 꼭 일어나야 한다는 압박감에 긴장은 배가되고 겨우 잠에 들어도 긴장한 채로 잠들어서 그런지 다음 날 지끈한 두통과 함께 아침을 맞아요.

어떻게 하면 원하는 시간에 '개운하게' 깰 수 있는지, 밤을 꼴딱 새웠더라도 다음 날 하루 정도는 '멀쩡한 체'하면서 버틸 수 있는지 참 고민이에요. 나름대로 여러 가지 시도는 많이 해봤습니다. 일어나자마자 몸을 일으켜 창문부터 열고 방 안의 산소를 갈아주는 것과 볕을 쬐는 것이 가장 효과적이었어요. 비록 창문 열어놓고 멍 때리다가 침대로 다시 돌아와 푹 쓰러진 적도 꽤 많았지만…. 그래도 볕 좋은 날 신선한 공기로 아침을 시작하면 '이대로는 안 된다, 열심히 살자!'하는 결심이 들곤 했는데 최근에는 그마저도 면역이 생겼는지 통 먹히지를 않아요. 양 세기도, ASMR도 소용이 없습니다. 불 꺼진 방, 침대에 누워 내일을 걱정하며 잠들기 위해 고군분투하는 것, 이제는 정말이지 그만두고 싶어요!

중대사 전날 밤
잠이 안 와 늦잠이 두렵다면?

① 필승 기상법
② 밤샘 다음 날 살아남기
③ 필살 변명 만들기

① 필승 기상법

- 베개 스킬

원리는 밝혀지지 않았으나 잠들기 직전에 다음날 일어
나야 하는 시간을 여러 번 반복해서 외치면 일종의 경
고처럼 뇌리에 각인되는 효과가 있다고 한다. 베개를
때리면서 외치면 효과가 배로 좋아진다고. 다만 때린
베개를 베고 잠들었을 때 가위에 눌렸다는 증언이 상
당수이므로 귀신이 직접 깨우러 오는 것을 감내할 만
큼 간절한 상황이라면 시도해보자.

- 생리 현상 스킬

수분을 과다 섭취한 뒤 잠자리에 들면 생리 현상의 압박을 견디지 못해 몸을 일으킬 수밖에 없다. 수박이나 참외 같은 과채류를 섭취하면 칼륨과 수분으로 인해 이뇨감이 심화된다고 하니 적절히 활용해보자.

- 휴대전화 스킬

휴대전화 충전기를 잠자리에서 멀리 떨어뜨리는 것부터 시작해보자. 수면 단축의 주범인 휴대전화를 놓지 못하는 습관만 해결해도 근본적인 원인 하나를 제거하고 가는 것이다. 배신의 전적이 많은 새벽의 나를 신뢰하지 못하겠다면 멀티탭을 처분해도 좋다. 가능한 한 손에 닿지 않는 곳에서 충전하자. 아침에 알람을 끄려면 자리에서 반드시 일어나야 하므로 확실한 기상 효과를 기대해 볼 수 있다.

② 밤샘 다음 날 살아남기

- 아침 식사를 하자

잠이 부족해 갈피를 잡지 못하고 우왕좌왕하는 뇌에게 아침 식사를 통해 재가동 타이밍을 공지해주자. 음식물을 씹는 저작 활동을 통해 뇌가 하루를 위한 준비 운동을 할 수 있다. 다만 포만감이 느껴질 정도의 거창한 식사를 하면 식곤증이 따라와 더 힘겨워질 수 있으니 달걀, 두부, 요구르트, 땅콩버터 등 고단백 식품으로 식탁을 차리고 과식하지 않는다.

- 껌 씹기

껌을 씹으면 뇌세포가 활성화되어 잠을 쫓는 효과를 볼 수 있다. 사람이 졸리면 뇌에서 4~7Hz의 γ파가 발생하는데 껌을 씹으면 정상적인 10Hz의 α파로 변한다고. 껌을 씹은 지 10분이 경과하면 좀 더 안정적인 14~30Hz의 β파가 발생한다고 한다. 이것은 커피를 마시거나 세수를 하는 것보다도 효과적이다.

- 낮잠은 90분 단위로 끊기

90분마다 REM 수면* 주기가 도는 것을 고려해 이를 기준으로 잠 보충 계획을 세우자. 90분 이상의 여유가 있어도 2회분인 180분에 미치지 않는다면 욕심내지 말고 90분에서 끊어야 한다. 깊은 수면 중 깨는 것은 피로를 배로 불릴 뿐이니 시간을 엄수하자.

---

*Rapid Eye Movement, 급속 안구 운동을 의미한다. 깨어 있는 것에 가까운 얕은 수면 단계다.

• 내일의 체력을 가불하는 붕붕드링크

'체력 가불'이라는 표현은 비유적인 표현이 아닌 사실 적시 표현이므로 반드시 내일의 나와 적법한 합의를 거치고 난 뒤 음용을 결정해야 한다. '붕붕드링크'란 에너지 드링크 여러 종류를 혼합해 만든 폭탄각성제 로, 누적된 피로를 없애주지는 못하지만 억지로 눈을 뜨고 버틸 수 있도록 해준다. 다만 각성 상태가 유지될 뿐 집중력이나 일의 효율을 높이기는 어렵다. 효율이 필요하다면 정공법으로 가야 한다. 잠을 보충해야 뇌 가 돌아간다. 붕붕 상태에서 몇 시간씩 붙잡고 있을 일 도 자고 일어나 말끔한 상태라면 훨씬 빠르게 진행할 수 있음을 상기하자.

카페인을 100에서 200밀리그램 섭취하면 수면 지연 효과 외에도 각성, 피로 감소, 두뇌 회전 등의 효과를 볼 수 있다. 카페인의 하루 섭취 권장량은 성인 400밀리그램, 임산부는 300밀리그램 이하이며, 어린이의 경우 체중 1킬로그램당 2.5밀리그램씩으로 계산하면 된다. 과다 섭취하면 중독 증세와 함께 불안감, 메스꺼움, 구토, 근육 경련, 불면증 등의 부작용이 나타날 수 있으므로 반드시 적정량만 섭취해야 한다.

국내에서 시판되는 에너지 드링크 중 카페인 함유량이 가장 높은 것은 무엇일까? 동원 소와나무 '다방커피'의 카페인 함량은 260밀리그램 (100밀리리터당 104밀리그램)으로 대표적인 고카페인 에너지 드링크 '몬스터에너지'의 100밀리그램 (100밀리리터당 28밀리그램)보다 세 배 이상 높은 수준이다.

박카스 베이스 붕붕드링크 제조법

(노약자 및 심약자는 따라 하지 마세요!)

초심자의 경우 박카스 2병에

포카리스웨트 250밀리리터 + 레모나 3포

중급자는 박카스 1병에

원비디 1병 + 레모나 4포 + 커피믹스 1봉

고급자는 박카스 1병에

포카리스웨트 250밀리리터 + 포도당 액기스 1포

+ 비타민C 50그램 + 아이스크림 1스쿱 + 물 1컵을

섞어 음용하면 극한의 하이텐션을 경험할 수 있다.

③ 필살 변명 만들기

졸업 전시 심사 당일. 전시 준비로 며칠 밤을 새우다가 간만에 푹 자서 그런지 정말 상쾌하게 눈이 떠졌다. 그런데 미묘하게 찝찝한 이 기분은 뭘까…. 시곗바늘이 심사 시작 시간을 가리키고 있다…**?!**

우리 집 애물단지가 졸업한다며 오프닝 날짜에 맞춰 기차표를 예약한다던 엄마의 상기된 목소리와 심사 불참자는 전시 불참으로 간주하며 졸전비용 환급은 없을 테니 심사 시간을 엄수하라고 엄포를 놓던 교수님의 음성이 오버랩된다. 눈앞이 아득하다. 과연 이 비정한 현실을 순순히 받아들여야 할 것인가.

• 기우제 지내기

성공률 백 퍼센트 백전무패 기우제 루틴이 있다. 북아메리카 인디언들의 전통 방식인데, 매우 간결하면서도 실패 확률이 0에 수렴한다.

(1) 비가 올 때까지 기도한다.
(2) 비가 온다*!*

정말 간단하지만 약간의 시간이 필요하다는 소소한 단점이 있다. 요행으로 하늘이 응답해 비가 내리기 시작하면 다음과 같은 변명을 시도해볼 수 있다.

- 쟤도 늦었는데 왜 저한테만 그러세요?

  비 오는 날은 지각 동료들이 꼭 생기기 마련이다.

- 택시를 타고 오다 빗길에 접촉사고가 났습니다.
  기사님을 병원에 모셔다드리고 오는 길입니다.

  거짓말은 하려면 완벽하게 해야 한다. 들킬 여지를
  두면 안 되니 팔아도 소환 불가능한 사람을 팔자.
  그리고 아는 사람 팔면 좀 미안하니까….

- 소비자피해보상규정 제3조에 따르면 천재지변과
  같은 불가항력은 전액 환급이 가능한 걸로 알고
  있습니다. 무슨 얘기냐뇨. 일을 시끄럽게 만들고
  싶지 않아요. 교수님, 졸전비용이라도 돌려주세요.
  사실 '천재지변'이라는 단어가 겹칠 뿐 경우가 완전
  히 다르지만 그냥 법 들먹이며 말하면 괜히 믿는
  구석 있는 것 처럼 보인다. '천재지변'만 똑바로
  발음하고 뒷 말은 흐리는 것이 좋다. 괜히 논리적인
  척 말에 리듬을 타면 일단 그럴듯해 보이는 효과를
  볼 수 있을 것이다. 다만 상대를 다시 보지 않아도
  좋다는 각오가 있어야 한다.

• 엔딩 대사 치기

교수님께서 평소 상상력과 감수성이 풍부한 편이라면
과감하게 시도해보자.

- 아, 정상으로 돌아왔어…! 전부 다 원래대로야….
- 다행이다… 나, 결국 이긴 거구나….
- 아, 아니에요, 아무것도 아닙니다, 교수님!
  더 혼내주세요! (웃음)

• 변명 하지 마세요

. . .

변명은 거짓말이니까요.

변명하지 말고 "다음부터 그러지 않겠습니다"

라고 똑똑히 말하고 용서를 구하세요.

도심 한복판에서
야생동물을 마주친다면?

① 야생동물 출현 사례 및 대처법
② 교상 감염병

① 야생동물 출현 사례 및 대처법

동물은 종마다 지니고 있는 특성이 달라 그에 따라 취해야 할 대응 방식 또한 상이하므로 종에 맞는 대처법이 무엇인지 숙지하고 그에 상응하는 대응을 취하도록 해야 한다. 무엇보다 동물은 악의를 품고 타인을 공격하는 인간 괴한과는 전혀 다르다. 목숨이 위협당하는 상황이 아니라면 섣불리 먼저 공격 제스처를 취하지 않도록 유의하다. 대부분의 경우 인간이 먼저 공격한 기억으로 인해 불안감에 휩싸여서, 또는 인간이 자신의 영역을 침범한 것이 위협이 된다고 판단하여 공격하는 것이기 때문에 동물에게 위협 자세를 취하면 상황은 급속도로 악화될 것이다.

불시에 야생동물과 마주치는 상황에 대비하여 종별 대응 방안을 세워보자!

2005-4-20
어린이대공원 코끼리 탈출 사건

앵커   오늘 오후 서울 어린이대공원 코끼리들이
        집단으로 탈출하는 대소동이 벌어졌습니다.
        코끼리들이 사람을 들이받고 음식점에
        들어가서 기물을 부수는 등 한바탕 난동을
        벌였는데 먼저 장미일 기자가 전합니다.

기자   어린이대공원에서 뛰쳐나온 코끼리 두 마리
        가 뒷발로 선 채 음식점 유리문을 마구 부숩
        니다. 식당 안에 난입한 코끼리들이 집기를
        발로 밟으며 무섭게 돌진합니다. 놀란 아주
        머니가 하얗게 질린 얼굴로 도망나옵니다.

목격자 세 마리가 갑자기 문을 부수고 들어와서
        방으로 뛰쳐올라왔어요. 세 마리가 다….
        그래서 저는 농 속으로 숨고 코끼리가
        상을 엎을 동안 저는 뛰쳐나왔어요.

기자　또 다른 코끼리는 골목길에서 길가던 50대
　　　여성을 들이받았습니다. 코끼리에 받힌
　　　여성은 뒷머리가 찢어지는 중상을 입고 병원
　　　으로 옮겨져 치료를 받고 있습니다.

목격자　얘기하다가 이렇게 보니까 코끼리가 오더라
　　　고요. 어머 이게 웬일이냐고 그랬더니 그
　　　이후로 쓰러져서 구급차가 뒤에서 오더라고,
　　　천천히… 거기에 실려 갔어요. 나는 지금
　　　떨려서 말도 못 하겠어요….

기자　이 코끼리는 담을 넘어 가정집 마당까지
　　　들어가 정원을 온통 헤집어놨습니다. 조련사
　　　가 뛰어와 달래자 그제서야 온순해집니다.
　　　오늘 오후 어린이대공원을 탈출한 코끼리는
　　　모두 여섯 마리. 대로변과 주택가를 마구
　　　돌아다니며 소동을 피우는 바람에 주민들이
　　　대피하는 등 어린이대공원 일대가 난장판이
　　　됐습니다.

행인 행진 비슷하게 하는가보다 이렇게 생각했는데
      한 마리만 나오는 것입니다. 한 마리만 나오고
      한 마리는 질주하고 그 다음에 한 네 다섯마리
      연달아서 오는 겁니다.

기자 119구조대와 경찰관 백여 명이 긴급출동해
      흥분한 코끼리를 달래느라 애를 먹었습니다.
      말을 듣지 않는 일부 코끼리들은 화물용 컨테
      이너를 이용해 대공원으로 실어 날라야 했고
      결국 소동은 5시간이 지난 지난 밤 8시가 다
      돼서야 끝났습니다. MBC뉴스 장미일입니다.

장미일, 어린이대공원 코끼리 6마리 집단 탈출 대소동
MBC뉴스데스크, 2005-4-20

• 식당에서 코끼리를 마주쳤을 때

통상적으로 사람이 동물에게 상해를 당했다고 하면 호랑이, 사자 같은 맹수에게 공격당하는 것이 대부분이라고 생각하겠지만, 사실 맹수들이 사람을 공격하는 것 또한 잡아먹기 위해서보다는 사람이 자신을 공격할까 봐 겁이 나서 공세적 방어 차원의 공격을 하는 경우가 대다수를 차지한다고 한다. 이것은 비단 맹수의 경우뿐 아니라 멧돼지, 사슴, 코끼리, 코뿔소 같은 위협적인 초식동물에게도 해당되며 수치상으로도 맹수에게 물려 죽는 사람 숫자보다 사슴이나 물소에 들이받히거나 코끼리에게 밟혀 죽는 등 초식동물에게 목숨을 잃는 사람 숫자가 더 많다.

근거리에서 코끼리를 마주쳤다면 급하게 도망가려 하지 말고 차라리 그 자리에서 움직이지 말고 가만히 서 있자. 코끼리에게 내가 위협이 되는 존재가 아니라는 것을 인지시키는 것이 최선책이다.

코끼리는 인간의 귀로는 들을 수 없는 저주파*로 의사소통을 한다. 가만히 있는 것 같아 보여도 그들만의 방식으로 대화를 나누는 중인 것. 그러므로 코끼리가 가만히 멈춰 있더라도 섣불리 진정되었다고 판단하면 안 된다. 저주파로 열띤 토론을 나누며 인간에게 쌓인 분노를 표할 본보기 수단으로 눈 앞의 나를 택할 것인지에 대해 고민하고 있을지 모르는 노릇이다.

또한 코끼리는 서로 다른 100마리 이상의 코끼리 저주파를 구분할 수 있으며, 사람의 언어까지도 구분할 수 있다. 케냐 암보셀리 국립공원의 코끼리들은 마야어를 사용하는 사람들에게는 흥분한 모습을 보이거나 신경질적으로 대하고 영어를 사용하는 사람들에게는 온순한 태도를 보였는데, 국립공원 연구팀은 코끼리들이 지금껏 접해온 마야어를 사용하는 사람들은 대부분 사냥꾼이었던 반면 영어를 사용하는 사람들은 해를 주지 않는 관광객이 대부분이었기 때문에 그러한 점을 인식하고 상이한 행동을 보인 것이라고 말했다.

---

* 코끼리 수컷은 대부분 무리를 떠나 단독 생활을 하지만, 위급 상황이 발생하면 저주파를 통해 무리에게 소식을 전달하곤 한다. 저주파의 소통 가능 최대 거리는 무려 50킬로미터에 달한다.

코끼리를 마주쳤을 땐 앞서 말했듯 가만히 서서 위협을 가하지 않는 상대라는 것을 인식시키거나 나의 존재를 아직 발견하지 못한 듯 하다면 멀리 도망치는 것이 가장 좋겠지만, 둘 다 불가능한 상황이라면 주변 건물 사이 틈새를 찾아 들어가자. 코끼리는 몸통 박치기 한 번으로도 웬만한 차 한 대 정도는 가볍게 뒤집을 수 있으니 차 안으로 대피하는 것은 권장하지 않는다.

코끼리는 의외로 소금을 좋아한다. 사유는 아직 명확하게 밝혀지지 않았으나 전문가들은 코끼리들의 서식지인 아프리카나 중앙아시아 초원에서 염분을 섭취할 곳이 마땅치 않았기 때문이라고 추측한다. 코끼리의 환심을 사고 싶다면 가방 한 편에 솔트 그라인더를 준비해두자.

북한산 허말라야원숭이 목격담

북한산에 원숭이가 나타났다. 개인이 키우던 원숭이가 유기됐거나 탈출한 것으로 추정되는데, 환경부는 원숭이가 잡히기만을 기다리고 있다.

지난 9일 오후 4시께 서울 서대문구 홍은동에 사는 영어강사 이승규씨는 동네에 있는 북한산 자락의 호박골 야생화 동산에서 원숭이를 발견했다. 동산은 산 아래 주택가에서 3분이면 닿을 거리다. 원숭이는 계단 위에서 땅에 떨어진 뭔가를 주워 먹었고 소변과 대변을 보며 자유로운 모습이었다. 더욱이 사람을 전혀 무서워하지 않았다. 오히려 다가가는 이씨에게 달려들어 공격하기도 했다. 검도 연습을 하러 나온 이씨가 목검으로 원숭이의 공격을 막지 못했다면 원숭이에게 물릴 수도 있었다.

"키가 성인 남자 무릎 높이는 되는 수컷이었다. 허벅지 뒤쪽 털이 벗겨져 있었다. 영양 상태가 좋아 보이지는 않았다." 이씨가 신고해 소방관이 출동했지만,

원숭이는 사라진 뒤였다. 그는 6분가량의 동영상을 제작해 유튜브에 올렸다. 원숭이를 목격했다는 주민들은 더 있었다. 한 주민은 "원숭이가 나의 시선을 피하지도 않고 도망가지도 않았다." 라고 회상했다. 또 다른 주민은 "목에 검은 리본을 하고 있었다. 사람이 키우던 것 같다." 라고 말했다. 현장에 출동한 소방관도 이씨에게 "전에도 원숭이를 봤다는 신고를 받은 적 있다." 고 했다고 한다.

환경부는 원숭이를 필리핀원숭이(게잡이짧은꼬리원숭이)나 히말라야원숭이(레서스원숭이)*로 추정하고 있다. 원숭이는 어디에서 왔을까. 발견 지점 인근에 동물 사육시설은 없다. 생물다양성과에서 경기 과천 서울동물원과 서울 광진구 어린이대공원을 탈출한 원숭이가 있는지도 알아봤지만 없었다고 한다.

원숭이는 목줄을 차고 있었다. 동물원 원숭이는 보통 목줄을 하지 않기 때문에 이씨 등은 개인이 불법적으로 사육하던 개체일 것으로 추정하고 있다. 특히 동네 주민인 이씨는 바로 옆 주택가가 재건축에 들어간

---

*추후 히말라야 원숭이로 밝혀졌다.

것에 주목했다. 서대문구에 확인한 결과 홍은 제3구역 주택 재정비사업이 진행 중이었다. 관리처분인가 신청이 들어온 상태로 주민들의 이주가 시작되기까지는 불과 10개월에서 1년이 남았다. 이씨는 주민 누군가가 원숭이를 버리고 이사를 하였거나, 원숭이가 집에서 탈출했을 것으로 보고 있다.

최우리, 북한산에 출처 모를 원숭이가 나타났다
한겨레 애니멀 피플, 2018-6-26

원숭이는 다른 동물들에 비해 지능이 현저히 높으며 같은 영장류인 인간과 체구는 비슷하지만 힘은 훨씬 좋아서 절대 만만하게 보면 안 되는 친구들이다. 인도 에서는 원숭이가 사람을 공격하는 것에 재미를 붙여 의도적으로 때리고 도망치기를 수차례 반복해 주민들 이 공포에 떨어 이슈가 된 적도 있었다.

2018년 5월 17일, 영국 데일리메일은 인도 구자라트 주 나브사리시 근처 수파 마을에서 원숭이가 사람을 무자비하게 공격하는 모습이 담긴 CCTV 영상을 공개했다. 영상에는 한 남성이 탄 오토바이 뒤로 몰 래 다가와 그를 덮친 뒤 넘어뜨리는 원숭이의 모습이 담겨있다. 또다른 원숭이는 아무것도 모르고 길을 걸 어가던 여성의 뒤로 달려와 세게 밀쳤다. 이에 여성은 얼굴부터 먼저 땅바닥에 떨어지면서 의식을 잃은 것

처럼 보였다. 현지언론은 지금까지 이 지역에서만 19명의 사람들이 표적이 됐고, 이 사고는 더욱 빈번해지고 있다고 전했다. 일주일간 최소 한 명이 매일 원숭이들에게 공격을 받고 있을 정도. 7차례나 같은 원숭이에게 공격당한 배달부는 "이른 아침, 우유를 배달하는 길에 원숭이에게 처음 습격을 당했다. 다행히 경미한 부상을 입었지만 어딜가든 원숭이가 따라오는 것 같은 기분이 들어 정말 무섭다"고 도움을 호소했다.

산림부 관계자 바살 판디야는 "왜 원숭이가 이런 식의 행동을 하는지 도통 알 수 없다. 흉폭한 원숭이들을 포획하는 방법을 고민 중"이라고 설명했다. 주민들도 원숭이의 공격을 멈추기 위해 음식을 제공하는 등의 노력을 해왔지만 별다른 효과를 거두지 못했다. 주민 중 한 명은 "원숭이가 사람을 공격하는데서 재미를 찾은 것 같다. 사람들이 땅바닥에 넘어지는 순간을 즐기는 것 같다."라고 언급했다.

안정은, 원숭이들 공격에 주민들 벌벌… 점령당한 인도 마을
서울신문, 2018-5-18

• 원숭이에게 공격받을 때

원숭이들은 본능적으로 무리에서 한 마리만 리더로 섬기고 복종하며 그 외 구성원은 죄다 만만하게 보는 경향이 있어 타인을 무시하는 것이 기본값이라고 한다. 게다가 눈치까지 빨라서 상대방이 자기를 두려워하는지 아닌지 여부를 금세 알아차리므로 원숭이를 마주했을 때 놀라거나 두려워하는 듯한 표정을 짓는 것은 금물이다. 꼭 기싸움을 해야만 하는 것은 아니고 그냥 무시하는 편이 가장 효과적인 대응이다.

원숭이의 가장 못된 습성은 청개구리 심보다. 상대방이 의도하는 바를 파악하면 부러 정반대로 굴며 장난을 치려들기 때문에 만일 원숭이에게 소지품을 빼앗겼을 때는 당황한 기색을 보이지 말고 가져가든지 말든지 식의 태도로 일관해야 흥미를 잃고 다시 내던진다. 또한 원숭이는 호기심이 많아 처음 보는 것에 대한 흥미가 강하므로 원숭이의 신경을 분산시켜야 할 때는 원숭이가 처음 볼 만한 물건으로 시선을 끌어야 한다.

2017-2-2

금정산에서 동시에 멧돼지 여덟 마리 포획

앵커   어제 하루 동안 부산 금정산 일대에서
멧돼지 8마리가 한꺼번에 포획돼 등산객들
이 공포에 떨었습니다. 지난달에만 부산에서
40마리가 넘게 잡혔는데요, 짝짓기 철을
맞아 등산로에 자주 나타나는 야생 멧돼지
대처법을 배영진 기자가 알려드립니다.

기자   멧돼지 한 마리가 피를 흘린 채 등산로에
누워있습니다. 포수가 멧돼지 상태를 이리저
리 살펴보더니 사살된 것을 확인합니다.
몸길이 1.5미터 몸무게 150킬로그램 정도인
6년생 수컷 멧돼지가 등산로에 나타난 것은
그제 오전 10시쯤, 부산 금정산에서 멧돼지
가 나타났다는 신고가 잇따라 등산객들이
하루종일 공포에 떨었습니다. 그제 하루 포
획된 멧돼지는 모두 8마리.

목격자 사방에 멧돼지입니다. 몇 번은 봅니다. 지금
      먹을 게 없으니까 땅 파서 지렁이 잡아먹고,
      풀뿌리 먹고. 말도 못 하죠.

기자   이곳 등산로는 시민들이 즐겨 찾는 곳으로
      갑작스러운 멧돼지의 출몰로 자칫 인명 피해
      까지 우려되는 상황이었습니다.
      짝짓기 철을 맞아 멧돼지들의 활동이 왕성해
      져 지난달 부산에서만 무려 43마리가 포획
      됐습니다. 등산 중 멧돼지를 발견하면 천천
      히 뒷걸음질 치며 높은 곳으로 가야 하고 우
      산이나 옷을 펼쳐 들면 멧돼지가 달려드는
      것을 막을 수 있습니다.

구조대 겨울철에는 멧돼지가 배란기가 돼서 많이
      예민합니다. 멧돼지를 놀라게 하면 자기를
      위협한다고 생각해 바로 달려듭니다.

배영진, 한꺼번에 멧돼지 8마리 포획… 등산객들 '공포'
채널A, 2017-02-02

• 근거리에서 멧돼지를 마주쳤을 때

등산 중 갑자기 튀어나온 멧돼지를 마주쳤을 때, 놀라서 소리를 지르거나 등을 보인 채로 도망가면 멧돼지가 이에 반응해 더 극렬하게 공격할 수 있다. 이럴 땐 침착함을 잃지 않도록 정신을 똑바로 차려야 한다. 움직임을 멈추고 멧돼지가 어떤 행동을 취하는지 정면으로 응시하자. 그 상태에서 곁눈질로 숨을 만한 나무나 바위를 찾아 잽싸게 몸을 피하거나, 피할 틈 없이 멧돼지가 공격해 온다면 가방 등의 소지품을 이용해 몸을 보호하는 것을 우선으로 두어야 한다.

• 원거리에서 멧돼지를 마주쳤을 때

본인은 멧돼지를 발견했으나 멧돼지는 아직 인기척을 느끼지 못한 듯하다면 조용히 뒷걸음질해 안전한 장소로 대피하자. 혹시라도 쫓아내보겠다며 돌을 던지거나 큰 소리를 내는 행동은 절대 통하지도 않을뿐더러 멧돼지를 자극하는 행동이니 주의를 끄는 행동은 절대 삼가야 한다.

• 장소별 멧돼지 대처 방법

아무래도 등산 중 멧돼지를 마주하는 경우가 가장 잦을 텐데, 등산 시 반드시 정해진 등산로로만 다니는 것을 엄수해야 하며 캠핑 시에도 꼭 지정 구역을 벗어나지 않도록 유의해야 한다. 한마디로 하지 말라는 건 안 하면 된다! 농가에 출몰해 농작물을 엉망으로 만드는 경우도 종종 발견되는데, 앞서 말했듯 쫓는 행위는 멧돼지를 자극해 자칫 위험한 상황으로 이어질 수 있으니 안전한 곳으로 몸을 피한 뒤 112또는119로 신고하여 상황을 알리는 것이 가장 바람직한 대처다.

민가로 내려와 사람을 공격한 오소리

14일 SBS에서 방송된 「동물농장」에서는 한 마을을
뒤숭숭하게 만든 오소리의 이야기가 전파를 탔다. 이
날 방송에 출연한 길을 걸어가던 중 의문의 정체에 습
격당한 아주머니는 "지금도 그 모습을 떠올리면 가슴
이 벌렁벌렁 거린다."며 입을 열었다.

밤 11시경 길을 지나가던 피해자는 정체불명의 동
물에게 습격당해 팔과 다리에 부상을 입었다. 피해자
를 진료한 의사는 "보통 개에 물렸을 때는 이빨 자국
이 있던가 피부만 살짝 찢어지는데 근육이 보일 정도
로 열상이 무척 심했다."고 회상했다.
피해자는 "잡고 있는 상태에서 놓으라고 내가 힘을 줬
다. 그런데 놓지 않고 더 앙칼지게 물더라. 나도 할 수
없으니 등이라도 물었는데 가죽이 엄청 두꺼웠다. 얼
굴을 볼 수 없었다."고 설명했다. 피해는 이뿐만이 아
니었다. 닭과 개도 습격을 당했고, 또 다른 마을 주민
은 해당 동물을 고양이로 착각해 귀여워 쓰다듬으려

다 다리를 물리기도 했던 것으로 밝혀졌다. 사고 현장에 남아있는 털의 유전자를 분석한 결과, 그의 정체는 오소리로 밝혀졌다.

박병권 한국도시생태연구소장은 "오소리가 사람을 무조건 공격하는 건 아니다. 경험치가 있어야 하고, 스트레스 조건에 노출되어 있거나 하면 그러는데 이번에는 상당히 드문편이다."며 "오소리를 만나게 되면 모른척 해야한다. 즉시 현장을 이탈하는 것이 중요하다."고 강조했다.

해당 오소리는 겨울잠을 자다 일어나 영양분을 보충하기 위해 민가로 내려왔다가 오다니는 사람들을 경쟁자로 느꼈거나, 먹이를 얻는 과정이 스트레스 여겨져 공격했을 것으로 보인다. 이후 포획된 오소리는 또 한번 탈출했지만 4주동안 민가에 모습을 드러내지는 않았다.

이민재, '동물농장' 민가를 습격한 오소리, 고양이인 줄 알고 쓰다듬다가 물리기도, 국제신문, 2017-05-14

• 오소리를 고양이로 착각하지 않는 방법

오소리는 식육목 족제비과 포유류이며, 한중일과 유럽 등지에 분포해 있다. 한 굴에 몇 세대가 함께 모여사는 습성이 있고 낮에는 굴에 숨어 있다가 주로 밤에 활동 하곤 한다. 토끼, 들쥐, 뱀, 개구리, 두더지, 지렁이를 주식으로 한다. 외관상의 특징은 다음과 같다.

- 털은 거칠고 끝이 가늘며 뾰족하다.
- 얼굴에 뚜렷한 검은색과 흰색의 띠가 있다.
- 얼굴형이 원통형이며 주둥이가 뭉툭한 편이다.
- 몸매는 둥글넓적하며 육안으로 구별이 가능할 정도 로 뒷다리에 비해 앞다리가 발달되어 있다.

고양이는 식육목 고양이과 포유류다. 길들여진 고양 이의 기원은 약 1만 년 전 근동 지방에서 스스로 숲에 서 나와 사람이 사는 마을로 대담하게 정착하여 길들 여지기를 자원한 5마리의 아프리카 들고양이(*Felis silvestris lybica*)라고 전해져 내려온다.

쥐나 작은 새를 주식으로 한다. 하루 수면시간만 해도
12~16시간에 달하는데, 24시간 중 20시간을 수면
하는 고양이도 있다. 세부 특징은 다음과 같다.

- 품종묘를 제외한 외관의 특징으로는 국내 스트릿
  고양이 기준 치즈, 턱시도, 올블랙, 젖소, 삼색,
  카오스, 고등어 7가지 무늬가 기본형이다.
- 두려우면 하악질을 한다. 귀까지 젖혔다면 심하게
  경계한다는 의미로 접근하지 않아야 한다.
- 고양이와 눈이 마주치면 시선을 거두지 않은 상태로
  눈을 천천히 감았다가 떠 보자. 이를 고양이 눈 인사
  라고 하는데 신뢰와 애정을 표하는 방법이다.
  인사를 돌려주는 고양이들도 종종 있다.

서울대공원 말레이 곰 탈출 사건

말레이곰 '꼬마'가 경기 과천시 서울대공원 동물원을 탈출한 지 만 하루가 지났지만, 행방이 묘연하다. 지난 6일 오전 10시 20분께 탈출한 이 곰은 7일 오전 11시 40분께 과천시 청계산 '전산군 묘' 부근에서 관측됐다가 곧 사라졌다. 지난 6일 오후 7시 40분께 청계산 어귀 녹향원 주변에서 목격된 것을 비롯해 세번째 모습을 나타낸 것이다. 그러나 산속에서 워낙 민첩하게 움직여 수색팀을 곤경에 빠뜨리고 있다.

서울대공원은 7일 오전 6시께부터 직원 120명을 청계산에, 80여 명은 곰이 되돌아올 것을 대비해 대공원과 청계산으로 이어지는 길목에 각각 잠복시켰다. 소방관 60여 명과 경찰 120여 명이 수색과 함께 등산객 통제에 나서고, 소방헬기 1대와 엽사 13명, 수색견 8마리도 동원돼 '꼬마'를 쫓았지만, 이날 오후 현재 곰의 행방은 오리무중이다. 탈출 뒤 굶주린 곰이 포악해져, 등산객이나 산기슭 민가를 공격할 가능성도 없지 않아 시민들의 불안이 커지고 있다. 그러나 대공원 쪽은 "달아난 '꼬마'는 워낙 온순하고 키도 60~70센티미터밖에 되지 않는, 곰 중에서도 가장 작은 곰."이라며 "해외에서는 애완용으로도 키우고 있는 만큼 지나치게 걱정할 것은 없다."고 밝혔다. 하지만 소방 당국 관계자는 그래도 곰은 곰이라며 "곰과 마주치면 뛰지 말고 소리도 지르지 말아야 하며 되도록 눈을 마주치지 않으면서 절대 등을 돌리지 말고 천천히 뒷걸음질 쳐야 한다."고 당부했다.

6살짜리 수컷 곰 '꼬마'는 몸무게가 30~40킬로그램가량인데, 2006년 말레이시아에서 들여와 서울대공원에서 사육하고 있다. 한편, 수색팀은 곰이 청계산을 벗어나지 못하도록 3개 조로 나뉘어 올라가며 포획 작업을 하고 있는데, 청계산을 중심으로 인근 안양, 성남 등으로 수색 영역을 확대할 계획이다.

김기성, 대공원 탈출 '꼬마 곰' 오리무중… 수색팀 곤경
한겨레신문, 2010-12-07

• 산에서 곰을 마주쳤을 때

해당 기사가 나가고 얼마 지나지 않아 말레이곰 꼬마
는 다시 동물원 우리 안으로 무사 귀가했다고 한다. 사
실 꼬마와 같은 경우는 동물원에서 탈출했으니 일반적
이지 않은 사례라고 생각해 대수롭지 않게 여길 수도
있지만, 현재 한반도 산속에서 곰을 마주칠 확률은 그
리 적은 편이 아니다. 멸종위기 야생동물 1급인 반달
가슴곰이 꾸준한 복원 사업과 방사로 현재 지리산 일
대에만 50마리가 넘게 살고 있는 것으로 확인되었다.

등산 중 곰을 마주쳤을 때는 등을 보이면서 도망가
지 말고 뒷걸음질로 재빨리 그 장소를 벗어나야 하며
무엇보다 애초에 정해진 탐방로*만 이용하도록 유의
해야 한다.

---

* 탐방로에서 20미터 이상 떨어졌을 때 곰과 마주칠 확률은 1퍼센트
미만이지만, 500미터 이상 벗어나면 70퍼센트까지 높아진다.

곰이 멀리 있는 경우 조용히 그 자리를 벗어난다. 갑자기 곰이 가까이에 나타났을 때 먹이를 주거나 사진 촬영을 하는 등의 행위는 절대 금물이며 뛰어 달아나는 것 또한 위험하다. 시선을 피하지 않은 채 곰에게서 멀어져야 한다. 곰이 공격해 올 경우 사용할 수 있는 모든 도구를 활용하여 저항하도록 한다.

악명높은 곰과 마주쳤을 때 치고는 대처법이 허술하다는 생각이 들지 않는가? 슬픈 이야기지만, 뾰족한 수가 없다는 뜻이기도 하다. 멧돼지 같은 경우는 마주치면 바위나 나무 위로 대피하면 안전하다고 하는데, 곰은 나무까지 잘 오른다고 하니 도망칠 곳도 마땅치 않은 것…. 하지만 하늘이 무너져도 솟아날 구멍은 있다고, 기대어볼 만한 구석이 하나 있다.

- 베어 스프레이

베어 스프레이는 제품에 따라 근소한 차이가 있으나 대개 근방 10미터까지 초속 100킬로미터의 속도로 분사가 가능하다. 곰은 스프레이 사정권 안으로 들어오면 스프레이의 캡사이신 성분으로 인해 눈과 피부에 강한 쓰라림을 느끼며 호흡곤란을 겪게 되지만 목숨에 영향을 받지는 않는다.

급박한 상황에서도 바로 찾을 수 있도록 손이 닿는 작은 수납 포켓에 두고 위치를 기억하자. 절대로 스프레이를 백팩 내부에 보관해서는 안 된다. 곰과 마주치는 상황은 순식간에 벌어질 수 있으며 곰은 절대 스프레이를 찾을 동안 기다려주지 않을 것이다. 분사 반경 감각에 익숙해지기 위해 야외에서 미리 테스트를 해보는 것도 좋은 방법이다. 정상 작동하는지 확인한 뒤에는 스프레이를 꺼내는 것 부터 안전클립을 제거하는 데 까지 기록을 단축하는 연습을 해도 것도 좋다.

베어 스프레이는 단거리에서 마주쳤을 때 사용을 권장하며 장거리의 곰이 당신에게 관심이 없을 때는 사용할 필요가 없다. 하지만 안타깝게도 곰이 이미 당신에게 흥미를 보이고 있다면 먼저 곰의 주의를 끌어 스프레이 분사 반경 내로 불러내야 한다. 스프레이를 효과적으로 사용하려면 곰이 버스 한 대 길이보다도 짧은 가까운 거리에 있어야 한다. 곰이 사정권 내로 들어오면 안전클립을 제거한 뒤 곰의 얼굴을 향해 분사하자. 조준 후 수 초간 분사해야 하며, 바람과 비가 스프레이의 효과를 떨어뜨릴 수 있기 때문에 강풍이나 우천 시에는 조금 더 가깝게 접근해야 할 필요가 있다.

유의해야 할 점은 곰의 접근을 예방하기 위함이라는 명목 아래 자신의 몸이나 텐트에 스프레이를 미리 분사해 두면 안 된다는 것. 잔여 냄새는 오히려 곰을 불러들일 수 있다.

② 교상 감염병

동물에게 물리는 '교상'으로 인한 상흔은 환부가 작더라도 예의 주시해야 한다. 날카로운 이빨에 의한 상처는 보기보다 깊이가 있어 눈치채지 못한 사이에 근육과 인대, 신경의 손상을 야기할 수 있으며 침 속 바이러스가 다양한 합병증의 원인이 되기 때문.

교상을 방치해두었다가는 다음과 같은 증상이 발생할 수 있다. 일주일 정도의 잠복기가 지나면 입 주위 근육의 수축을 시작으로 호흡곤란을 동반한 전신 근육 경직 등의 파상풍 증세가 나타난다. 파상풍은 독소가 신경계를 침범하여 근육의 긴장성 연축을 일으키는 질환으로 대한민국 국민이라면 일반적으로 12세에 예방접종을 받으나 10년이 지나면 효과가 말소되므로 현재 나이가 만 22세 이상이라면 재접종을 받아두는 것이 좋다. 혹여 만 22세 이상에 접종을 갱신하지 않은 상태에서 동물에게 물렸다 하더라도 사고 직후 바로 응급실로 달려간다면 파상풍 예방접종과 사후 치료제 두 가지 주사를 모두 처방받을 수 있다. 파상풍 예방접종은 근육주사로 매번 접종 부위를 바꾸어가며 주사하는데 대퇴전외측, 엉덩이 주사에 당첨될 수 있으니 내원 전 오늘 어떤 팬티를 입었는지, 사회적 체면을 지킬 수 있는지 생각해 보는 것도 좋다.

교상을 당한 뒤 발열과 지속적인 통증이 나타나고 무엇보다 겨드랑이 림프절이 부어오르기 시작한다면 감염이 시작되었다는 확실한 신호다. 2차 감염을 피하려면 교상 직후 환부를 흐르는 물에 비누로 깨끗하게 씻어내고 의료 기관으로 직행해야 한다. 감염증세가 발생하더라도 평소 면역력이 좋고 건강한 편이라면 항생제, 소염제 복용만으로도 빠른 시일 내에 완치가 가능하지만 당뇨나 HIV등의 기저질환이 있어 면역력이 결핍된 상태라면 호된 합병증이 찾아올 수 있으므로 반드시 입원 치료를 받아야 한다.

감염으로 인한 합병증은 목숨을 위태롭게 할 수도 있다. 소동물이나 반려동물로부터 경미한 교상을 입었더라도 병원을 찾아가 전문의의 상담을 받아야 한다.

- 감염의 종류

앞서 언급한 '교상으로 인해 발생하는 감염병'은 대표적으로 광견병(공수병) 그리고 고양이에게 감염되는 묘조(爪)병, 톡소플라즈마증이 있다.

광견병은 매년 전 세계 6만 명의 목숨을 앗아가는 대표적인 인수 공통 감염병이다. 발열, 두통, 기침과 흥분, 불안과 경련을 동반하며 특이하게도 환자가 물을 보면 공포심을 가지는 증상이 있어 공수병이라고도 부른다. 예방접종을 하지 않은 상태에서 광견병에 걸린 동물에게 교상을 당한 직후 혈청을 바로 맞지 못하면 치사율이 백 퍼센트에 달하는 무시무시한 질병이다. 거의 모든 포유동물이 감염될 수 있는데, '고리무늬물범'부터 흔히는 개과 동물과 너구리, 박쥐, 스컹크, 오소리, 원숭이 등에게 나타난다.

국내에서는 2014년 이후 감염 사례가 나타나지 않았지만, 이는 바이러스의 박멸이 아닌 방역으로 인해 누그러져 있는 상태로 광견병 고위험군 국가로 지정된 북한과 맞닿은 경기도와 강원도의 경우, 광견병에 감염된 너구리들이 현재도 잦게 출몰하고 있다.

귀여운 얼굴에 방심하게 되는 고양이로부터 발생하는 질병 또한 상당수다. 통계상 다른 동물로 인한 교상보다 고양이에게 입은 교상에서 2차 감염이 진행되는 사례가 많은데, 고양이의 발톱은 특히 날카로워 살갗을 깊숙하게 파고들 수 있는 구조로 외관상 괜찮아 보여 방치한 상처에 차후 감염 증세가 나타나 곤욕을 치르는 경우가 많기 때문. 야생 고양이나 반려 고양이의 가벼운 할큄으로도 묘소병에 걸릴 수 있다. 다만 묘소병은 광견병에 비해 앓는 정도가 가벼우며 건강하고 면역 기능이 평범한 사람이라면 앓다가 저절로 낫는다. 하지만 영유아와 임산부, 면역력이 떨어진 사람들에게는 있어서는 심각한 질병이다. 감염의 매개체가 침이 아닌 배설물이라는 차이만 있는 톡소플라즈마증도 마찬가지다. 특히 임산부에게 치명적인데, 임산부가 톡소플라즈마에 감염될 경우 태아에게 전염되어 기형아와 사산을 초래하기도 한다.

감염병을 예방하기 위해서는 야생동물을 조심하는 것은 물론이거니와 반려동물에게도 기생충 약과 예방 주사를 때맞춰 챙기는 애정어린 보살핌이 필요하다.

- 인간 교상

개 다음으로 교상을 가장 많이 유발하는 동물은 놀랍게도 인간이다. 인간이 인간을 물었을 때*는 동물에게 물렸을 때보다 더 많은 세균이 침투하는데 인간의 침 속에 다양한 박테리아와 바이러스가 존재하기 때문. 인간 교상 또한 여러가지 합병증을 유발한다. 흔한 사례는 아니지만 문 사람이 물린 사람에게 자신이 앓고 있는 병을 감염시킬 수도 있다.

사람이 사람을 물어서 전염시킬 수 있는 바이러스로는 B형 간염과 C형 간염, 적은 확률로 HIV 바이러스가 있다. 질병 감염 외에도 다양한 합병증이 있는데, 특히 손을 물렸을 때 주먹 관절에 치아가 깊게 찍혀 관절낭까지 균이 침입하면 화농성 관절염이나 골수염이 발생할 위험이 매우 높다. 귀여워서 깨물어주고 싶다는 표현이 얼마나 위험적인 언사가 될 수 있는지 진지하게 생각해 볼 필요가 있다.

---

*FC바르셀로나 소속 축구선수 루이스 수아레스는 경기 중 2010년 오트만 바칼, 2013년 브라니슬라프 이바노비치, 2014년 조르조 키엘리니를 물어 각각 7, 10, 9번의 경기 정지를 받은 전적을 가지고 있다.

다 커서 싸우다가 물리기까지 한 것이 창피스럽다고 의료 기관 방문을 주저했다가는 제대로 큰코다칠 수 있다. 의료진에게 상처를 입은 경로에 대해 가감없이 설명하는 것을 부끄러워 말자.

걱정이 꼭 부정적인 것만은 아니에요.
앞날에 닥칠지 모를 위험으로부터 나를 지키는
방어기제이기도 하며 때로는 목표하는 바를 이루는
데 좋은 원동력이 되어주기도 합니다.
다만 왜곡된 상상으로 인한 과도한 걱정은 몸과
마음의 건강을 상하게 할 수 있으니 너무 많은 시간
상념에 빠지지는 마세요!

정수윤

대학에서 시각디자인을 전공했습니다. 새로운 것을
탐구하는 것과 사서 고생하는 것을 좋아합니다.
책을 만드는 과정이 좋아 직접 만들기 시작했어요.
걱정은 많지만 나름대로 즐겁게 살고 있습니다.

@suyggn

청춘문고 028

취미걱정

2020년 6월 5일 1판 1쇄 발행

2025년 1월 10일 1판 3쇄 발행

지 은 이 정수윤

발 행 인 이상영

편 집 장 서상민

책임 편집 이상영

교정, 교열 노경수

디 자 인 정수윤, 서상민, 이미원

마 케 팅 박진솔

펴 낸 곳 디자인이음

등 록 일 2009년 2월 4일:제300-2009-10호

주   소 서울시 종로구 자하문로 24길 24

전   화 02-723-2556

메   일 designeum11@gmail.com

blog.naver.com/designeum

instagram.com/design_eum

*잘못된 책은 바꾸어드립니다.